U0835342

川端康成

かわばた やすなり

一八九九年六月十四日—一九七二年四月十六日

川端康成经典作品

千鹤

【日】川端康成 著
高慧勤 译

新世界出版社

图书在版编目（CIP）数据

千鹤 /（日）川端康成著；高慧勤译 . -- 北京：新世界出版社，2024.3
（川端康成经典作品）
ISBN 978-7-5104-7622-8

Ⅰ . ①千… Ⅱ . ①川… ②高… Ⅲ . ①长篇小说－日本－现代 Ⅳ . ① I313.45

中国版本图书馆 CIP 数据核字 (2022) 第 217674 号

川端康成经典作品

千鹤

作　　者：[日] 川端康成
译　　者：高慧勤
责任编辑：陈　超
装帧设计：高　瓦
内封绘制：王　敏
内文制版：北京维诺传媒文化有限公司
责任校对：宣　慧　张杰楠
责任印制：王宝根
出　　版：新世界出版社
网　　址：http://www.nwp.com.cn
社　　址：北京西城区百万庄大街 24 号 (100037)
发 行 部：(010)6899 5968（电话）(010)6899 0635（电话）
总 编 室：(010)6899 5424（电话）(010)6832 6679（传真）
版 权 部：+8610 6899 6306（电话）nwpcd@sina.com（电邮）
印　　刷：小森印刷（北京）有限公司
经　　销：新华书店
开　　本：880mm × 1230mm　1/32　　尺　　寸：145mm × 210mm
字　　数：140 千字　　印　　张：6.25
版　　次：2024 年 3 月第 1 版　2024 年 3 月第 1 次印刷
书　　号：ISBN 978-7-5104-7622-8
定　　价：48.00 元

代序 はじめに

川端康成，这位首次为日本摘取诺贝尔文学奖桂冠的作家，对于中国读者来说，并不陌生。十多年来，他的不少作品，国内已相继译介进来，如《伊豆舞女》《雪国》《古都》《花的圆舞曲》等。川端康成所构筑的艺术世界，意蕴是那么深幽，情调是那么缠绵，笔致又那么灵动，不仅征服了欧美读者，也倾倒了相当多的中国读者。那么，川端作品的魅力究竟何在？[1]

展读川端的作品，有时好似在欣赏意境朦胧的印象派绘画；但进一步吟味之下，又会发现，他构筑的艺术殿堂，纯然是一幅幅忧伤的浮世绘。

在早年的《文学自叙传》中，川端曾说过："我虽然接受西方文学的洗礼，自己也曾试着模仿，但骨子里我是个东方人，十五年来从未迷失过这个方向。"而浮世绘，在19世纪法国自然主义作家和印象派画家看来，正是最能代表日本情趣、体现日本之美的艺术。川端康成创作伊始，便显示出同传统文学的深厚渊源。

第二次世界大战后，川端康成着意于从民族的历史和文化中寻找自己的归宿，为发扬日本的传统美不遗余力。他在作品中，常写到雪国山村、枫树红叶、尼庵古刹、名胜古迹等传统题材，予以美的表现，从而唤起读者的审美情绪和对传统文化的依恋。从他的成名作《伊豆舞女》、获奖的《雪国》，直到晚年的《山之声》《古都》《美丽与悲哀》等一系列作品，无不体现出日本美的情致。这些风物和民俗，在川端的笔下，已不仅仅是小

1　本文节选自《川端赏析》，译者发表于《博览群书》1995年第11期。

说的场景，本身就构成了艺术形象。川端正是以真挚的爱和竭诚的心，表现了日本的自然美和传统美。

说川端康成的文学仿佛是忧伤的浮世绘，还不尽然。因为他在展现日本的审美情趣时，分明又透露出浓重的现代气息。

他找到了一种新的感觉方式——新感觉主义！在《新进作家的新倾向解说》等一系列文章中，川端康成阐明了他本人以及这一派的文艺主张和创作方法。所强调的重心，便是新的感觉。他申明，“表现即内容，艺术即表现”，因为，没有表现，无以了解作家所要表达的内容；但是，如果没有新的感觉，便不可能有新的表现，从而也就没有新的内容和新的文艺。“新酒不宜装入旧酒囊”，而新的感觉，在表现手法上，自应和以往有所不同。

在半个世纪的艺术实践中，川端康成不断砥砺自己的艺术感觉，给传统注入了新的生命，同时也使外来的技巧，找到了生根的土壤。他纳外来于传统，融传统于现代，从而形成自己独特的艺术风格：纤细的心理刻画，缠绵的意境渲染，自由灵动的联想，快速跳跃的节奏，意在言外的象征，简约含蓄的语言。

不过有一点要提及的是，川端康成身世的不幸，对他风格的形成，是不可忽视的一个重要因素。19 世纪的最后一年，川端出生在大阪一个医生家庭，幼失怙恃，由外祖父母抚养，到 16 岁那年，外祖父母以及平生只见过一面的姐姐也先后亡故，只剩下他孑然一身。亲人的死别，以及早年失恋的伤痛，使他变得多愁善感，养成一种内向的性格，形成悲观虚无的思想。所以，川端的小说里，经常触及死亡这一主题；他所描写的爱情，总是不那么圆满，带着人生孤寂之感。他的抒情风格，总的来说，是哀婉，是悲凉。

在川端的文艺美学里，具有浓重的唯美倾向。这种艺术高于人生的观点，不仅是他的主张，也是他创作的准则，贯穿于他的全部创作之中。

千鶴

せんばづる

千鹤

一

走进镰仓圆觉寺，甚至到了院内，菊治还在游移，究竟要不要进去参加茶会。时间倒是不早了。

每逢栗本千花子在圆觉寺后院茶室举办茶会，菊治照例总在邀请之列。可是，自从慈父见背，就一次也没来过。他觉得那不过是看着先父的情面罢了，所以，一直未加理会。

然而，这次请柬上却多一附笔，要他来会见一位小姐，是师从千花子学茶道的女弟子。

看着请柬，菊治忽然想起千花子身上那块痣来。

光景是菊治八九岁时的事。父亲带他去千花子家，看到千花子坐在起坐间，正敞着胸脯，用小剪刀剪痣上的毛。那块痣长在左半个乳房上，直到心口窝那里，差不多有巴掌那么大小。紫黑色的痣上大概长着毛毛，千花子拿剪刀正在剪。

“呦！少爷也一起来了？”

千花子仿佛吃了一惊，一把掖上衣襟，也许转念一想，觉得慌里慌张地遮掩，更透着尴尬，便将两腿稍稍挪了过去，慢条斯理地把衣襟掖进腰带里。

看来不是看到父亲，恐怕是见了菊治才惊慌的。因为是女仆开的门，已经通报过了，她应该知道来的是菊治的父亲。

父亲没有进起坐间，径自到隔壁屋里坐下。那儿是客厅，兼做教授茶道的场所。

父亲打量着挂在壁龛里的字画，漫不经心地说：

“来盏茶吧。”

“嗳。”

嘴上答应着，千花子却没有马上站起身来。

菊治还看见她腿上铺着一张报纸，掉了一些毛，就像男人的胡须似的。

光天白日的，老鼠照旧在天花板上闹腾。靠近廊檐的地方，桃花已经绽开了。

千花子坐在炉边点茶时，依然有些神不守舍的样子。

过了十多天，菊治听见母亲仿佛揭穿什么惊人的秘密事儿，告诉父亲说，千花子因为胸口有块痣，才没嫁人。母亲以为父亲还不知情，似乎挺同情千花子，脸上显出怜惜的样子。

“哦，哦。”

父亲故作惊讶地随声附和：

“不过，叫丈夫看见了又怕什么？只要事先说明，肯娶她就行了。”

“我也是这么说。可是，‘我心口上有一大块痣’，这话叫一个女人家哪儿说得出口呀！”

“她又不是什么小姑娘！”

“毕竟难开这个口呀。倒是你们男人家，结婚后给发现了，也许一笑了之。”

“这么说来，她让你看那块痣了？”

“哪儿的话。瞧你说的。”

“那她只是嘴上这么说说？”

“今儿来学点茶，随便闲聊……结果忍不住说了出来。”

父亲默不作声。

“结了婚，还不知男人要怎么想呢。”

“恐怕会嫌恶，觉得别扭吧。但也没准，把这隐私当成乐趣，感到好玩也难说。有这个短处，焉知没有别的长处？再说，这也不是什么大不了的毛病。”

“我也这么安慰她，说这算不得什么毛病。可她说，要命的是长在乳房上。”

“唔。”

“她说，一想到生孩子要喂奶，心里就顶不自在。即使做丈夫的无所谓，可是为了孩子……”

“难道乳房上长痣就没有奶水吗？”

“倒也不是……她是说，喂奶时叫孩子看了，心里会不好过。我倒没想到那儿。可是一旦设身处地去想想，有这种顾虑也难免。孩子一生下来就要吃奶，等睁开眼睛能看东西，不就看到母亲乳房上那块痣吗？孩子对世界的最初印象，不就是对母亲的最初印象，不就是乳房上那块难看的痣吗？——那印象之深，会缠着孩子一生的呀！”

“唔。其实，她何苦担这个心。”

“可不，要说喂牛奶，请奶妈，都行。”

“即使长痣，只要有奶，又有什么不可以的。”

“那可不行。当时听她这么说，我连眼泪都淌出来了。心里想，可不是！就说咱们菊治吧，我可不愿叫他吃那种长了痣的奶。”

“这倒是。”

见爸爸这样装聋作哑，菊治心里就有气。连我都看见千花子那块痣，他竟不把我放在眼里，所以不由得要恼恨爸爸了。

然而，事隔快二十年了，今天，回顾之下，想必父亲当时也窘得可以，菊治未尝不感到好笑。

再有，菊治长到十来岁，还常常想起母亲当时那番话，生怕有个异母弟妹会吃到那种长痣的奶。

他不仅怕异母弟妹出世，而且还怕吃了那种奶的孩子。菊治总觉得，一大块痣上长毛的奶，孩子吃了就会像恶煞一样可怕。

幸而千花子没有生孩子。往坏里想，或许是父亲不让她生，因为不愿意她生，大概拿母亲流泪，以及关于痣和孩子那番话做借口，劝阻了千花子的缘故？总之，父亲生前死后，千花子的确没生过孩子。

菊治同父亲一起看见那块痣后不久，千花子便上门向菊治的母亲吐露这桩隐私。她大概是想先发制人，赶在菊治告诉他娘之前，自己先说出来。

千花子也一直没结婚，难道真是那块痣决定了她的一生吗？

话得说回来，在菊治心里，那块痣的印象也始终未能抹去，又很难说同他的命运没有瓜葛。

当千花子借茶会名义，请他去相亲时，菊治的眼前先自浮起那块痣。

蓦地想到，千花子做的媒，难道会是个毫无瑕疵、玉肌冰肤的小姐吗?

千花子胸脯上的那块痣，先父的手指难道就没有捏弄过吗？谁能担保他没有咬过那块痣呢。菊治甚至这样胡思乱想过。

此刻，寺院的小山上，鸟声婉转，菊治一面走，脑际不禁掠过这些邪念。

菊治看见那块痣后的两三年，千花子似乎开始有些男性化，现在则完全变得不男不女了。

千花子此刻大概正在茶会上以爽快麻利的作风招待来客吧。她那长痣的乳房恐怕也已干瘪了。菊治想想刚要笑，这时有两位小姐从他身后匆匆赶上来。

菊治闪在一旁让路，并问道：

“栗本女士的茶会，是顺这条路走到底吗？”

“是的。”

两位小姐同时答道。

不问自明，从她们的衣着打扮，便可推定，是上茶会去的。菊治是为叫自己决心去茶会，才这么问的。

真是美极了,那位拿绉绸包袱的小姐。桃红的绉绸上,绘着白鹤千只。

二

两位小姐进茶室之前，正在换布袜，这当口，菊治也到了。

从她们身后望去，房间似有八张席子大小，几乎挤得腿挨着腿。好像尽是些穿红着绿的人。

千花子眼尖，一眼就看见菊治，惊喜地起身过来说：

“哟，请进，稀客。承蒙光临。就从那儿上来吧，不要紧的。”

说着，一面指着靠近壁龛的纸拉门。

屋里的女客，好像一齐转过头来。菊治脸红起来，说：

“全是女客吗？”

“是的。也有男宾来，不过都回去了。你现在是万绿丛中一点红哩。”

“红我可不敢当。”

“菊治少爷有资格当‘红’，没错儿。”

菊治摆了摆手，表示拟从另一扇门绕进来。

那位小姐正把穿了一路的布袜塞进千鹤包袱里，这时便彬彬有礼地直起身子，给菊治让路。

菊治走进隔壁房间。点心盒子，茶具箱子，以及客人的物品，放得到处都是。后面水房里，女佣正在洗刷。

千花子走了进来，在菊治面前屈膝坐下。

“怎么样？那位小姐不错吧？”

“是拿千鹤包袱的那位吗？”

“包袱？我倒不知道。就是现在站在那边最漂亮的一位。是稻村先生的千金。”

菊治不置可否地点了点头。

“什么包袱的，真怪，你竟注意到这上头去，我可大意不得了。以为你们一道来的呐，我正纳闷，你竟能这么殷勤周到。”

“别胡说。”

“路上相遇，也是缘分。再说稻村先生也认识令尊。”

“是吗？”

“她家原先在横滨开生丝行。今儿个的事，我没告诉她本人，你尽管放心，好生瞧瞧。”

千花子的声音不低，只隔一道纸门，菊治担心茶室里也听得见正在为难之际，千花子忽然把脸凑了过来：

“不过，有件事倒叫人挺难办的。”

说着，放低了声音：

“太田的太太来了。她女儿也跟她一起来了。”

她觑着菊治的脸色，接着说：

“我今儿个并没请她……可是，像这种茶会，随便什么过路人都能进来，方才就有两伙美国人顺便进来坐了坐。你别介意。她们听说这儿有茶会，来了也没法子。不过，你的事，她们当然不会知道。”

“今儿个我本来也……”

菊治原想说自己并没打算来相亲，可是喉咙里似乎发哽，没有说出口。

“该难为情的，是太田太太，你只要装作若无其事就行了。”

听千花子这么说，菊治不禁有些恼火。

栗本千花子跟父亲的关系，好像不太深，也不很久。直到父亲死前，千花子常到家里来走动，是个很得力的女人。不仅在有茶会的日子，即使平时来做客，也总下厨帮忙。

自从她有些男性化之后，母亲再要嫉妒她，只能令人苦笑，感到滑稽。后来，母亲准猜到父亲看到过千花子那块痣。可是那时，事情早已风流云散，千花子像没事人似的，轻松自若地不离母亲的左右。

菊治也不知从什么时候起，对千花子态度很轻慢，仿佛只有任着性儿顶撞她，才能冲淡令他幼时苦闷不已的嫌恶感。

千花子之变得男性化，以及成了菊治家的得力帮手，或许都出于她的处世之道。

靠着菊治家，千花子作为茶道师傅，已经小有名气。

父亲去世后，菊治每当想起千花子平生只跟父亲白白相好过一阵，而后便把自己的女性本能扼杀以尽，对她便不由得生起一缕淡淡的同情。

母亲之所以不怎么怨恨千花子，一方面也是因为隔着太田夫人，给牵扯住了。

菊治的父亲跟太田是茶友。太田死后，菊治的父亲因负责处理太田那些茶道用具，一来二去，便同他的未亡人亲近起来。

最先给母亲通风报信的，正是千花子。

不用说，千花子是帮母亲的。简直有些过分。父亲到哪里，她跟到哪里，而且时时去未亡人家里数落一通，仿佛是她自己妒火中烧似的。

母亲生性腼腆，见千花子多管闲事，几乎要闹得满城风雨，怕面子上不好看，简直给吓坏了。

即使当着菊治的面，她也向母亲破口大骂太田夫人。母亲不以为然，她却说，也该让菊治听听。

“上次我去她家，狠狠训了她一通。大概叫她孩子偷听了去。忽然听见隔壁房里有人抽抽搭搭哭起来。”

“是女孩儿吗？”

母亲问道，皱起了眉头。

“嗯。听说有十二了。太田太太这人，大概有点缺心眼。我还以为她会把孩子骂一顿呢，谁知竟特意去把孩子抱过来，搂在怀里，坐在我面前，娘儿俩哭给我瞧呢。”

“那孩子也怪可怜的。”

“所以呀，不妨把气出在她孩子身上。因为孩子对她妈的所作所为，是一清二楚的。不过，那孩子倒长个圆脸，蛮讨人喜欢的。”

说着，千花子看了看菊治说：

“其实，菊治少爷也可以劝劝老爷嘛。”

“请你别这么搬弄是非。”终于连母亲也忍不住要责备她。

“太太，您把这些事，都窝在心里可不成。狠狠心把它全抖搂出来才好呢。太太您这么瘦，可人家却白白胖胖。尽管缺个心眼，她倒以为，装个老实巴交的样，哭上一通，就没事儿了似的……再说，就在她接待老爷的那间客厅里，正经八百地挂上她那死鬼丈夫的照片。哪想到，老爷竟能一声不吭。”

太田夫人先前给千花子说得如此不堪，在菊治父亲死后，居然还带着女儿来参加千花子主持的茶会。

菊治不觉打了个寒噤。

即便如千花子所说，今天没请太田夫人，看样子，父亲死后，千花子和太田夫人之间，一直是有来往的，菊治不免感到意外。或许她让女儿也一起来学茶道。

“要是你不乐意，我就请太田夫人先回去，好不好？”

说着，千花子看了一下菊治的眼色。

“我倒不在乎。要是她自己想回去，那就请便。”

“她要是有这点机灵劲儿，你爸你妈就不至于那么伤脑筋了。”

“她那位千金也一起来了吗？”

菊治没见过太田寡妇的女儿。

他觉得有太田夫人在场，跟那位拿千鹤包袱的小姐相见不大相宜。而且，尤其不愿意在这个场合初次见太田小姐。

但是，千花子的声音在耳边絮絮不休，弄得菊治心烦意乱。

“总之，我来她们都知道了，要躲也躲不掉了。”说着便站了起来。他从靠近壁龛的那边走进茶室，在门首的上座那里坐下。

千花子随后跟了过来，郑重其事地把菊治介绍给大家：

“这位是三谷少爷。三谷先生的令郎。”

菊治跟着又施了一礼。一抬头清清楚楚看见了各位小姐。

菊治似乎有点局促。眼前是一片艳妆丽服，起初连一张面孔都没看清。

等定下神来，菊治才发现，自己正坐在太田夫人的对面。

“啊！”

夫人不觉叫了一声。在座的全听见了，那声音十分真率，十分含情。接着她说：

“好久不见，真是久违啦！”

随后轻轻拉了拉身旁女儿的袖子，示意她赶紧打个招呼。小姐似乎有些窘，涨红了脸，低下头去。

菊治颇感意外。夫人的态度里，看不出有丝毫的敌意恶感，反倒显得情亲意密。同菊治不期而遇，她仿佛异常兴奋，甚至当着众人的面，都有点忘乎所以。

女儿始终低垂着头。

及至夫人意识到这情形，两颊也不由得飞红起来。她像要挨近菊治，看他的眼神里，似有千言万语。她说：

“您还在学茶道吗？

“不，一直没学。”

“是吗？府上可是茶道世家呀。”

夫人似乎有些感伤，眼睛竟湿润起来。

自从父亲的丧礼以后，菊治就没见过太田夫人。

跟四年前相比，她几乎没怎么变样。

依旧是白皙修长的颈项，不大相称的圆肩膀，身腰显得比年纪轻。同眼睛相比，鼻子和嘴巴十分小巧。小小的鼻子，细看之下，模样周正，娇媚可爱。说起话来，下唇常常上翘。

女儿秉承乃母的血统，也是修颈圆肩。嘴比母亲的大，抿得紧紧的。跟女儿一比，母亲的嘴巴简直小得有些可笑了。

小姐的一双眸子，比母亲的还要黑亮，带着几分悲哀。

千花子看了看炉里的炭火说：

“稻村小姐，敬三谷少爷一杯好不好？你还没点过茶吧？”

“好的。”

说罢，拿千鹤包袱的小姐，便起身走了过去。

菊治知道，稻村小姐就坐在太田夫人的侧手。

但是，既然太田母女在面前，便尽量不去看稻村小姐。

千花子请稻村小姐点茶，大概是有意让菊治看个仔细。

小姐在茶釜跟前，回头问千花子：

“用哪只茶碗呢？”

“哦，对了，就用那只织部陶[1]的吧。”千花子说，“三谷少爷的父亲

1　由著名茶人古田织部（1544—1615）指导烧制的茶陶，形态、花纹极富个人特色，以造型扭曲而又有动感的黑织部最为著名。

就喜欢用这只茶碗，这还是他送我做纪念的。”

现在放在小姐面前的那只茶碗，菊治依稀还认得。父亲倒确实用过，可那是从太田的遗孀手里转承来的。

亡夫珍爱的遗物，由菊治的父亲转到千花子手里，今天又出现在这个茶会上，太田夫人看了，会作何感想呢？

菊治很惊讶，千花子竟如此迟钝。

要说迟钝，太田夫人又何尝不迟钝呢。

正在点茶的小姐，跟在情天欲海中颠簸过来的中年女子一比，其清秀娟媚的丰神，真使菊治感到美不可言。

三

千花子想让菊治好好端详拿千鹤包袱的小姐，她这份心思，恐怕小姐本人还不知道。

她落落大方地点茶，亲自端到菊治面前。

菊治饮毕，看了看茶碗。这是只黑色织部陶碗，在正面的白釉上，绘有黑色嫩蕨菜花样。

“还认得吧？”千花子劈面问道。

“唔。”

菊治含糊其辞地应了一声，放下茶碗。

“那蕨菜的嫩芽，最有山村野趣。早春时节，使这碗顶合适，令尊当年就用过。这个时节拿出来用，虽然有点过时，可是给菊治少爷用倒正合其人。”

“哪里，在家父手上也只留了很短一段时间。就茶碗本身的历史来说，根本算不上一回事。这只茶碗，是桃山时代由利休[1]传下来的吧？几百年间，有许多茶道家珍重相传，家父又算得了什么！”

菊治这么说，是想忘怀这只茶碗的种种因缘。

这茶碗由太田传给他夫人，又由他夫人转给菊治的父亲，再从菊治父亲那里转到千花子手中。而今，太田和菊治的父亲这两个男人都已经作古，太田夫人和千花子这两个女人却凑到了一起。因缘时会，这只茶碗的命运也是够稀罕的了。

现在，这只古色古香的茶碗，依然给太田夫人、太田小姐、千花子、稻村小姐，以及其他闺秀，用唇去碰，拿手去摸。

“让我也用这只碗喝一杯吧。方才用的是另一只碗。”太田夫人不无突兀地说。

菊治不由得感到惊讶。是她过于迟钝呢，抑或是不知羞耻？

太田小姐低着头，目不斜视，菊治觉得她楚楚可怜，简直不忍心看她一眼。

稻村小姐遵嘱又给太田夫人点了次茶。在座的人，都注视着她。想必小姐还不知道这只织部陶碗的来历，只是照学来的规矩点去。

她的点茶手法朴素，没有瑕疵。从上身到膝盖，姿势正确，气度高雅。

新叶的影子，婆娑在她身后的纸格子门上，辉映在华丽的和服上，仿佛肩背和衣袖都反射出柔和的光彩，连一头秀发也乌黑发亮。

以茶室而论，这间屋似嫌明亮一点，但小姐经这样一烘托，更加青春焕发。适合少女用的小红茶巾，非但不俗气，反而给人以娇艳明丽之感。

1　千利休（1522—1591），即千宗易，利休是其号。日本安土桃山时代（1573—1600）的茶道家，千家派茶道之始祖。古田织部是其弟子。

小姐的纤纤素手，恰如一朵盛开的红花。

在她周围，仿佛有千百只白色的小鹤在不停飞舞。

太田夫人把织部茶碗托在手心上说：

“黑碗绿茶，就像春发绿意似的。”只差没说出，这碗曾是她亡夫之物。

接着，照例是参观茶具。那些年轻小姐不大清楚这些器具的用途，大抵是听千花子的讲解。

水罐和茶勺原先都是菊治父亲的东西，但千花子和菊治谁都没提。

菊治望着小姐们起身回去，一面坐了下来。这时太田夫人凑近身旁。

“方才真对不起。我想，你大概生气了。可是，我一见到你，就觉得分外亲切……”

“唔。”

“你都长得一表人才了。”

夫人的眼里，险些涌出泪水。

“对了，令堂也……本想去吊丧，结果没敢去。”

菊治露出不悦的神情。

“令尊令堂相继过世……想必挺孤单的吧？”

“唔。”

“还不走吗？”

“嗯，再等会儿。”

“等几时有空，有些事想告诉你。”

千花子在隔壁喊道：

“菊治少爷！”

太田夫人不胜依恋地站了起来。小姐早已等在院子里。

小姐随着母亲一起向菊治鞠了一躬，走了。那眼神似乎有所倾诉。

隔壁房里，千花子正同两三个亲近的弟子和女仆在收拾东西。

“太田太太跟你说了什么？”

“没说什么……没什么。”

“对她可得留三分心。表面上装得挺老实，摆出一副无辜的样子，她心里想什么，你可猜不着。”

“不过，她不是常来参加你的茶会吗？从什么时候开始的？”

菊治含讥带讽地说了一句。

宛如要逃出这毒氛妖雾似的，他朝门口走去。

千花子跟在身后说：

“怎么样？那位小姐还不错吧？”

“嗯，挺好。要是在没有你，没有太田夫人，没有父亲阴魂纠缠的地方见到她，我想会更好。”

“何苦那么多心！太田太太跟稻村小姐根本没什么瓜葛。”

“我只觉得对不起那位小姐。”

“有什么对不起的。假使太田太太来了，你觉得不高兴，我就给你赔个不是。其实今儿个并没请她。稻村小姐的事，你就再考虑考虑吧。”

“好吧，今天就此告辞了。”

菊治停下脚步说。因为边走边说，千花子总是跟随不舍。

只剩菊治一人时，看见前面山脚下含苞待放的杜鹃花，便深深吸了一口气。

就凭千花子一封信，便给引来了。他对自己感到嫌恶，但是，拿千鹤包袱的小姐，给他留下了鲜明清丽的印象。

茶会上看到父亲的两个相好，而不觉得怎么郁抑，或许是叨了那小姐的光。

然而，一想到那两个女人倒活着，还能议论父亲，而母亲却已故世，菊治心里不禁愤愤然，眼前同时浮现出千花子胸脯上那块丑痣。

晚风从新绿的树叶间吹来，菊治反摘下帽子，慢慢走去。

他远远看见太田夫人站在山门背后。

菊治突然想绕道躲开，便朝四周看了一下。左右两边各有小山，只要登山而行，就可以不经过山门。

可是，菊治仍朝山门走去，似乎板着一副面孔。

太田夫人一见菊治，反而迎了上来，脸上飞红。

“想再见你一面，所以才在这儿等来着。兴许你会觉得我不顾脸面，可是，要是就那么分手，我有点不甘心……再说，这一分手，又不知几时才能见面。”

“令爱呢？”

“文子已经先回去了，跟她朋友一起。”

“那么，令爱知道你在等我啰？”菊治问。

“是的。”

夫人看着菊治的脸，答道。

“这么说来，她没有不高兴？方才茶会上，她好像不大乐意见到我，真是抱歉。”

菊治这番话，听来很委婉，其实有些露骨，但夫人却坦然说：

“那孩子见到你，心里准会不好过的。”

“大概是家父使她难堪的缘故。”

菊治本想说，就像自己因为她太田夫人的事，而深感痛苦一样。

“其实并非如此。令尊倒一直挺疼文子的。这些事，等几时得便再慢慢告诉你。起初，就是令尊待她好，她也一点不跟令尊亲近。到战争快打完那阵子，空袭越来越厉害，也不知她怎么想的，完全变了个样儿。对令尊，她有一份心思，总想出点力尽点心。一个女孩儿家，要说尽点心意，无非买个鸡啦、弄个小菜什么的。她不顾危险，想方设法去买了来。甚至在空袭的时候，到老远的地方去弄米……她这种突然转变，连令尊也觉得意外。看到女儿变了一个人似的，我又难过又心疼；而且觉得自己像受了埋怨，心酸得很。”

直到这时，菊治才恍然大悟，原来母亲和自己都受过小姐的恩惠。那时候，父亲偶尔会出人意料，带些礼物回家，照此说来，竟是太田小姐采购的。

“我女儿这种突如其来的变化，我也闹不明白，敢情是她想，生死难测，觉得我可怜，才不顾性命，想法儿好好待我跟令尊。”

当时战事败局已定，文子眼见自己的母亲忘乎所以，一味沉溺于同菊治父亲的情爱之中。现实生活一天天严酷起来，于是抛开有关亡父的种种过去，来照拂现实中的母亲。

“文子手上的戒指，方才你留意到了吗？”

“没有。”

“那是令尊送她的。有一天令尊来时，正好碰上拉警报，便赶着要回家去。文子硬要送他，怎么劝也不听。我怕她一个人回来路上有危险，就嘱咐令尊，送到家后，要是不便回来，就在府上住一宿也行。可我心里直惦记着，生怕两人都死在路上。文子第二天早晨才回来，一问才知道，她送到府上的大门口便折回来了，半路上在防空壕里待了个通宵。下一次令尊来，便送了那只戒指，说：文子，上次多亏你了。那孩子怕你看见那戒指，大概是害羞。”

菊治越听越嫌恶。但奇怪的是，心里又觉得她们是值得同情的。

对这位夫人，菊治倒并不有意憎恨或加以提防，她自有本事使人硬不下心来。

文子之所以那么尽心服侍，也许是看母亲可怜，于心不忍的缘故？

菊治觉得，太田夫人尽管是讲女儿过去的事，其实在谈她自己的感情。

她大概想把心里话全倾诉出来，但对谈话的对方，说得过分些，她简直不辨究竟是菊治的父亲还是菊治了。跟菊治说话，那劲头就像跟菊治的父亲说话一样，十分亲昵。

先前，菊治跟母亲在一起时，对太田夫人所抱的敌意，虽然还没完全消解，却已大为减淡。一不留神，甚至觉得自己就是这女人所爱的父亲。不知不觉间，有种错觉，以为早就同这女人很亲密似的。

菊治知道，父亲很快就和千花子撂开了手，可是同这个女人却情好勿衰，至死不渝。他猜想，千花子少不了会欺侮她，于是心里也闪出一个多少带点残忍的念头，禁不住想随便捉弄她一下。

“你常去栗本的茶会？从前她不是老欺侮你吗？”菊治说。

“不错，不过令尊过世后，她来信说，挺想念令尊，觉得很寂寞，所以我才去的。”说完，便低下头去。

“令爱也一起去吗？”

“文子大概是勉强跟我去的。”

穿过铁轨，走过北镰仓车站，他们又朝与圆觉寺相反方向的山边走去。

四

太田的未亡人，少说也该有四十五六了，差不多比菊治大上二十来岁。可是，菊治浑然忘了她已上了年纪，仿佛拥抱一个比自己还年轻的女人。

夫人凭她的经验，让菊治也领略到了那份快乐。菊治丝毫不觉得自己是个初出茅庐的单身汉，有什么畏缩之感。

只觉得自己好像初次认识女人，也懂得了男人。他对自己觉醒而为男人，感到惊讶。菊治从来也不知道，女人处于被动，会有这般温柔妩媚，顺从迷人，简直温馨得令人陶醉。

菊治还是独身，在事情过后，常常有种厌恶的感觉，可是就在最该诅咒的此刻，他却觉得心酣意畅。

每逢这种时候，菊治总是冷冷地想一走了事，可这一次，竟然浑淘淘任其亲热，任其依偎，这好像还是破题儿第一遭。他不知道，女人的热潮会随之上来。在热潮的间歇中，菊治觉得自己俨然像个征服者，不胜慵懒，由着奴隶给洗脚似的那么惬意。

另外，还感受到一种母爱。菊治缩着脖子说：

“栗本这里有一大块痣，你知道吗？”

他忽然觉得说了句不该说的话，也许是头脑一松，没有管住自己的缘故。但他不认为这话对千花子有什么不好。

“长在乳房上，就在这里，像这样……”说着，菊治伸出手去。

菊治心里想到这个念头，便说了出来。像在跟自己作对，又像要伤害对方，也不免有些难为情。他之所以想看看那块地方，或许正是想借以掩饰那种美滋滋的羞涩之情也难说。

“讨厌，怪恶心的。”

夫人说着轻轻合上衣领。陡然之间大概还没回过味来，慢条斯理地说：

“这我倒是头一次听说，穿着衣服，里边哪看得见？”

“不会看不见的。”

“哟，那是怎么回事？”

“你瞧，在这儿不就看见了吗？”

“你这人，多讨厌呐。以为我也有痣，才要看，是吗？”

“那倒不是。不过，要有的话，在这种时候，你心里怎么想？”

“在这儿吗？”

说着，夫人看了看自己的胸脯，又说：

“你干吗提这个呢？管它！”

夫人无动于衷地说。菊治使坏，看来对夫人没有生效，可他却更起劲了。

“不管可不行。那块痣，我八九岁时，虽然只见过一次，可是至今脑子里还有印象。”

“那为什么？”

“因为那块痣，也连累到你呀。栗本不是佯装替母亲和我打抱不平，到府上狠狠数落过你吗？”

夫人点了点头，便轻轻抽开身子。菊治却用力又把她拉过来，接着说道：

“我想，她那时准是老惦着自己胸脯上那块痣，心眼才越变越坏。”

“嗳呀，你说得多可怕。”

“也许她存下心，在我父亲身上多少报复了一下。”

“报复什么？”

“为了那块痣，她总觉得低人三分，见弃于我父亲。”

“别再说痣的事了，听了叫人恶心。”

看来太田夫人压根儿不愿去想象那块痣。

“时至今日，栗本大概对那块痣已经不在意了。那种烦恼也成为过去了。”

“成为过去，难道就会了无痕迹吗？”

“过去了的，有时倒叫人怪想念的。”

夫人似乎有些心神恍惚地说。

只有一件事，菊治本来没打算说，结果还是说了出来。

“方才茶会上，坐在你旁边的那位小姐——”

“哦，是雪子。是稻村家的千金吧。”

“栗本为了让我看看她，才邀我来的。”

“哟！”

夫人睁圆那对大眼睛，死死盯着菊治。

“是相亲吗？我可一点没察觉。”

“不是相亲。”

“原来是这么回事呀？相完了亲回来……”

夫人流出的泪水，一直淌到枕上。肩膀也在颤动。

“多不好。这多不好！为什么不告诉我？”

夫人把脸埋在枕上，哭了起来。

这倒出乎菊治的意外。

“不论是相亲回来也罢，不是也罢，要说不好，确实不好。不过，那同这没关系。”

菊治口上这么说，心里也的确这么想。

顿时，稻村小姐点茶的身姿，浮现在菊治的脑海里。仿佛还看见那只桃红色的千鹤包袱。

这样一想，对挨在一旁抽抽噎噎的夫人，连身子都觉得可厌。

“啊，太不好了！我这人真是造孽，要不得呀！”

说完，她浑圆的肩膀又颤动起来。

菊治倘生悔心，准是因为觉得丑恶的缘故。相亲这回事姑且勿论，她毕竟是父亲的女人呀！

然而，直到此刻，菊治既没后悔，也不觉得丑恶。

菊治也莫名其妙，怎么会跟夫人做出这种事来。一切都来得那么自然。照夫人刚才的话来看，也许她后悔不该引诱菊治。可是，恐怕她压根儿就没想到要诱惑他，菊治自己也不觉得是受了蛊惑。再从情绪上说，菊治没有丝毫的抵触，夫人也一点没有撑拒。简直可说，道德观念根本就没发生作用。

两人走进圆觉寺对山上的一家旅馆，一起吃了晚饭。因为关于菊治父亲的事，还没有说完。菊治并不是非听不可，一本正经听她宣课，本来就挺滑稽，但是，太田夫人似乎没想到这一层，只是不胜眷恋地一味说下去。菊治听着，安闲恬适，感到她的一番好意，沉浸在柔情蜜意之中。

菊治仿佛咂摸到父亲曾经尝到的那种幸福。

要说不该，委实也不该。既然错过摆脱夫人的机会，又何妨在心甜意洽之际，同结体肤之谊？

然而，菊治心头像蒙了一层阴翳，正是为了一吐那股郁闷之气，才说出千花子和稻村小姐的事也未可知。

想不到他的话，效力如此之大。后悔起来，反显得丑恶不堪，而且还存心出言伤人，菊治不由得对自己一发嫌恶起来。

“就忘掉这回事吧。这没什么。”夫人说，“这种事，算不了什么。”

“你是因为想起我父亲的缘故吧？”

“啊？”

夫人一惊,仰起脸来。方才伏在枕上哭得眼皮都红了。眼白也有些红。菊治看出她那睁大的眸子里，还残留着一丝女人的倦怠。

“你要这么说，我也没法儿。我是个可怜的女人，是不？”

“胡说。”

说着，菊治一把拉开她的衣襟。

“要是有颗痣，就忘不了，留个印象……”

菊治对自己的话感到吃惊。

“别这样。别这么个瞧法，我已经不年轻了。”

菊治露出牙来，凑了过去。

夫人方才那种热潮又来了。

菊治安然入睡了。

睡意蒙眬之中，听见小鸟啁啾。在鸟声婉啭中醒来，菊治觉得似乎还是第一次。

宛如晨雾润泽绿树一般，菊治的脑筋仿佛也给涤洗过了似的，无思无虑。

夫人背对菊治而眠。不知什么工夫翻过身来。菊治笑意盈盈，支起一只胳膊，在薄明微暗中，凝视着夫人的面庞。

五

茶会之后半个来月，太田小姐登门来访菊治。

菊治把她让进客厅，为了镇定一下自己慌乱的情绪，便亲自去开酒柜，取些西点放在盘里。心里猜不出，小姐是一个人来的，抑或夫人因为不好意思进来，还在门口等着？

菊治刚打开客厅门，小姐便从椅上站了起来。只见她低着头，下唇紧紧抿着，稍稍噘起。

“让你久等了。”

菊治从小姐身后走过去，打开朝院子的玻璃门。

经过她身后时，隐隐闻到花瓶里白牡丹的香味。小姐的肩膀丰腴圆润，稍向前挺。

“请坐。”

说着，菊治自己便先坐到椅上，镇静得出奇。因为在小姐身上看到了她母亲的面影。

“突然跑来打扰，真对不起。”小姐依然低着头说。

“哪里哪里。难为你能找到这里。”

“哎。”

菊治想了起来。空袭的时候，小姐曾陪伴他父亲，送到门口。在圆觉寺那天，夫人告诉过他。

菊治想提这事，却又忍住了。只是望着小姐。

于是，太田夫人温馨可人之处，如同滚水一般，又在心里翻腾上来。菊治记起夫人对什么都那么柔顺宽宥，便也安然起来。

因为这种安然之感，所以才对小姐好像放松了戒心。不过，他没法正脸看她。

“我……”

小姐顿住了话头，扬起脸来。

“我是为母亲的事，来求您的。”

菊治屏了一口气。

“希望您能原谅我母亲。”

“什么？原谅？”

菊治反问了一句，想必连他的事，夫人也吐露给女儿了。

“想说请求原谅，恐怕倒应该是我。”

“令尊的事，也得请您原谅。”

“即使是家父的事，如果请求原谅的话，不也应该是家父吗？家母现在已经过世了，要原谅，谁来原谅呢？”

“令尊故世得早，我想也是因为我母亲的缘故。还有，令堂也是……这些话，我全同母亲说过。”

“那你真是太过虑了。你母亲也很可怜。”

“要是我母亲先死就好了。”

看上去小姐简直羞愧得无地自容的样子。

菊治察觉小姐在暗指夫人同自己的事。这件事不知让小姐有多羞耻和伤心呢。

“请您原谅我母亲吧。”

小姐仍一味恳求。

“原谅也罢，不原谅也罢，总之，我是很感激你母亲的。”

菊治说得很斩截。

“是母亲不好。她这人太糟糕了，您就甭管她，甭再理她。”

小姐急口说着，声音都有点发颤。

“我求您了。”

小姐说的原谅，言下之意，菊治当然明白。其中也含有不要再理睬她母亲的意思。

“请您也不要再打电话来……”

小姐说着说着，脸上飞起一片红晕。似乎为了压下羞恶之心，反而抬起头来，看着菊治，眼里噙着泪水。一双睁大的黑眸子，没有丝毫恶意，像在拼命哀求。

“我全明白了。真对不起。”菊治说。

“拜托您了。”

小姐越发羞红了脸，连白皙修长的颈项也都泛起红色。也许为了把修长的颈项衬托得格外美，西装领上还镶了一道白边。

“您打电话来约我母亲，她没有践约，是我给拦住了。她非要去不可，我死死抱住没放她去。”

小姐稍微透了口气，声音又转和缓。

菊治打电话去约太田夫人，是那次之后的第三天。夫人的声音透着高兴，可是，却没有到约定的咖啡馆来。

菊治只打过那么一次电话，后来也一直没见过面。

“过后，虽然觉得母亲可怜，当时却只觉得可耻，拼命拦她。于是母亲说：‘文子，那你就给我回掉吧。’我走到电话机前，怎么也说不出话来。母亲呆呆地看着电话机，扑簌簌直掉泪。以为您好像就在电话机那儿呢。母亲就是那种人。”

两人默然有顷，然后菊治说：

“那天茶会之后，你母亲等我的时候，你为什么先自回去呢？”

“我想叫您知道，母亲她并不是那种坏人。”

“她一点也不坏啊。”

小姐低垂目光。小鼻子形状周正，下唇显得有些噘起，优美的脸，长得很像母亲。

“我早就听说，你母亲有你这位女儿，曾经想来着，跟你谈谈家父的事。”

小姐点了点头。

“有时我也有那种想法。”

菊治心下想，要是跟太田夫人之间什么事也没有，能同这位小姐不拘形迹地谈谈父亲的事该多好。

但是，菊治打心眼里原谅了太田的未亡人，原谅了父亲跟她的事，之所以这么宽容，也是因为他同这位未亡人之间，不是什么关系也没有的缘故。这岂非怪事？

小姐大概发觉坐久了，赶忙站了起来。

菊治送她出去。

“几时有机会，能同你谈谈家父的事，再谈谈你母亲的好品性，那该多好。”

菊治虽然是信口说来，但另一方面也真是这么认为。

“可不。不过，不久就要结婚了吧？”

“我吗？”

“嗯。听我母亲这么说来着。她说您已经跟稻村雪子小姐相过亲了……”

“没有的事。”

一出大门，便是下坡。半山坡峰回路转，蜿蜒曲折。回首望去，只看得见菊治家院子里的树梢。

听了小姐的话，菊治眼前蓦地浮现出千鹤小姐的身影；这时，文子正停步向菊治告别。

菊治和小姐相反，向上坡走去。

林中落日

一

菊治在公司里还没下班，千花子便打来了电话。

“今儿个你直接回家吗？”

本来要回家的，可是菊治神情不悦地说：

“没一定呢。”

“为了你父亲，今儿就回家吧。你父亲往年在今儿都要举办茶会，可不是？一想起来，我就待不住了。”

菊治默不作声。

“你家茶室，喂喂，你家茶室，我在打扫的时候，忽然想做几个菜。”

“你在什么地方？”

“府上，我已经到了府上了。对不起，事先没跟你打个招呼。”

这倒真是出乎菊治的意外。

“一想起今儿这日子，我就怎么也待不住了。我想，要是能让我打扫一下茶室，没准儿心里能松快些。当然事先该打个电话才好，可我准知道你不会答应。”

父亲死后，茶室就没用了。

母亲在世的时候，好像还常常进去，独自坐在里边。不过，不生炉子，只是提一壶开水进去。菊治不愿意母亲进茶室，不放心她冷冷清清地坐在里面，不知想些什么。

菊治虽然很想看看母亲孤单一人待在茶室里的样子，可终究没进去看过。

然而，在父亲生前，进茶室帮忙的，却是千花子。母亲那时难得去茶室。

母亲死后，茶室便一直关着。只有父亲在世时就来帮工的一个老女佣，一年里给打开几次，通通风罢了。

“有多久没扫了？这席子不管怎么擦，都有股霉味，真没治。”

千花子越说越肆无忌惮。

“我扫着扫着，就想起要做几个菜来。一时心血来潮，菜料也不全，不过也稍稍打点好几样。所以，想请你下了班，马上回家。”

“哦，你这人真是。”

“光你一个人，可能太冷清些，公司里的同事，请上三四位来，你看好不好？”

“恐怕不行。没人懂茶道。”

“不懂倒更好，因为准备得挺马虎，就随便请几位来吧。”

“那不行。”

菊治直截了当地回绝。

“不行？真扫兴。那怎么办呢？请谁来好呢？你父亲的茶友——怎么好请呢。要不，就叫稻村小姐来，好吗？”

“别开玩笑了，算了吧。”

“怎么啦？不挺好吗？那件事，他们那边倒挺有意思，你再仔仔细细打量一回，跟她好好聊聊不好？今天约她一下试试看，她倘若来，那就是小姐那边成了。”

“讨厌，这种事。”

菊治心里难过起来，说道：

“算了吧，我不回家。”

“什么？好吧，这事电话里不便谈，回头再说吧。反正，就这件事，请你早点回来。”

“什么这件事，我不管。”

“得了得了，算我多管闲事。”

说着，耳机里便传来千花子那股凌人的盛气。

菊治不由想起千花子半边乳房上的那块大痣。

他仿佛听见千花子打扫茶室的扫帚声，扫帚就像扫过自己的脑海一样，又像擦走廊的抹布在揩自己的脑壳。

尽管菊治对她早就感到嫌恶，可是，她竟然趁菊治不在家，跑进屋里，擅自做起菜来，也真是件怪事。

要说是为了祭奠父亲，打扫一下茶室，甚至插几枝花就回去，倒也情有可原。

然而，就在菊治心头火起，一片嫌恶之中，稻村小姐的倩影，好似一道霞光，闪烁发亮。

父亲死后，同千花子自然而然就疏远起来，可是她现在难道是想拿稻村小姐做幌子，与菊治重新修好，攀缠不成？

千花子的电话，照例有些滑稽，叫人哭笑不得，失去戒心，同时又咄咄逼人，强人所难。

菊治自忖，之所以觉得语带强制，是因为自己授人以柄。既然自己有弱点，感到心虚，对千花子擅自打来电话，也就不能发火。

难道千花子是因为抓住了菊治的弱点，才这么得寸进尺的吗？

菊治一下班，便从公司到银座去，走进一家小酒吧。

他不得不乖乖按照千花子的吩咐回家，对自己的弱点，感到格外苦闷。

从圆觉寺的茶会出来，没想到竟同太田夫人在北镰仓的旅馆里投宿一宵，这事千花子不见得会知道。从那之后，她见过太田夫人吗？

从电话里那种咄咄逼人的腔调来看，菊治疑心未必就是千花子厚脸皮的缘故。

但也说不定千花子以她惯常的作风，在撮合菊治跟稻村小姐的婚事。

菊治在酒吧里，依然心神不属，便乘上电车回家。

国营电车经过有乐町，朝东京站驶去，菊治俯视窗外，望着两旁树木高耸的大街。

那条大街几乎同电车线构成直角，贯穿东西，恰好映射出夕阳的余晖，明晃晃的如同金属板一样。夹道的树木，尽管沐浴着残阳，从背面看去，那绿色却显得深沉幽暗，阴凉清爽，枝条舒展，阔叶繁茂。路两旁是一幢幢坚实的洋房。

可是，大街上行人出奇地少。一直到皇宫的护城河那里，都冷冷清清的。明亮晃眼的车道也是静悄悄的。

电车里拥挤不堪，向下望去，似乎只有那条街才沉浮于黄昏这一妙景之中，感到有种异国情调。

菊治依稀看见稻村小姐拿着桃红绉绸上饰有白鹤千只的包袱，正走在林荫道上。那千鹤包袱恍如看得格外分明。

菊治觉得心情为之一振。

又一想，小姐此刻也许快到他家，不由得心慌意乱起来。

这且不说，千花子在电话里要菊治约请几位同事，菊治不肯，便说叫稻村小姐来，她究竟打的什么主意呢？难道一开头她就存心要叫稻村小姐来的吗？菊治简直弄不明白。

一到家，千花子就赶紧到门口来迎候，说道：

“一个人吗？”

菊治点点头。

“一个人倒正好。她来啦。”

说着，千花子走到跟前，来接菊治的帽子和皮包。

“你回来的路上，去过哪儿了吧？”

菊治以为脸上还带着酒气。

“你去哪儿啦？后来我又打电话到公司，说你已经走了，方才还在算你回来的时间呐。”

“真没想到。”

千花子随便跑到他家里，为所欲为，连提都不提一声。

她一直跟进起居室，打算把女佣放在那里的和服，帮他穿上。

“不必麻烦。对不起，我要换衣服了。”

菊治脱掉上衣，甩开千花子，走进藏衣室。

在藏衣室里换好衣服才出来。

千花子一直坐在那儿没动。

“单身汉一人过活，我算服了。”

“没什么。”

“这种光棍生活，趁早结束吧。”

“看我老子的样儿，就够了。”

千花子瞅了菊治一眼。

她从女佣那里，借了一件罩衣，穿在身上。那原是菊治母亲的，她把袖子卷了起来。

手腕往上一段，又白又胖，但不太匀称，肘弯那里青筋突起，肉好似又硬又厚，菊治感到很意外。

“依我看，还是茶室那儿好。不过，现在已把稻村小姐让进客厅里了。”

千花子一本正经地说。

“哦，茶室里，要点电灯吧？我还没见过里面点灯呢。”

“要不然就点蜡烛，倒更有意趣。”

“我不喜欢那套。”

千花子突然想起来似的说：

“对了，方才我打电话给稻村小姐，她便问，跟家母一起来吗？我说，能一起来更好。可是，她母亲有别的事，分不开身，结果只有小姐一个人来了。”

“她来，还不是听你的。把人呼来唤去，人家不会觉得太没礼貌吗？”

“这我懂。可是小姐人已经来了。既然来了，礼貌不礼貌，也不成其为问题了。”

“那为什么？”

“可不是嘛，今儿个既然肯来，就是人家小姐对这门亲事还是有意思的。就算我这事办得有点离谱，也不碍事。等到亲事谈成，你们两人尽管笑我栗本做事离谱好了。凭我的经验，成得了的事，不管怎么着，总归能成。”

千花子自以为是的样子，说话之间，仿佛看透了菊治的心思。

“你已经跟人家讲过了？”

“嗯，讲过了。”

千花子言下之意，态度明确点儿。

菊治起身到廊子上，朝客厅走去。走到那株大石榴树旁，想尽力换一副神色。总不能让稻村小姐看这张不高兴的脸。

他朝石榴树幽暗的树荫看去，脑海里便又浮现出千花子的那块痣来。菊治摇了摇头。客厅前面的院子里，点景石上还留着一道落日的余晖。

客厅的纸格子门开着，稻村小姐坐在靠门口的地方。

小姐明艳照人，仿佛宽敞幽暗的客厅也赫然一亮。

壁龛里的水盘，插着菖蒲。

小姐系的，是一条绘有石菖蒲的腰带。大概是巧合吧，不过，为顺应季节，常有这种情形，也许不是偶然。

壁龛里的花，不是石菖蒲，而是菖蒲，所以，花和叶都插得高高的。一看那花便可知道，是千花子刚插好的。

二

第二天是星期日，下了一天雨。

下午，菊治一个人走进茶室，去归整昨天用过的茶具。

也为的是追寻稻村小姐的余香。

他让女佣送伞过来，刚要从客厅走下院子的石步，屋檐上的落水管坏了，水哗哗地落在石榴树前。

“那儿非修不可了。”

菊治对女佣说。

“可不是嘛。”

菊治想起，老早以来，每逢雨夜，躺在床上听到那水声，就记挂着这回事。

“不过，一修起来，这里那里就该修个没完。我看趁坏得还不厉害，干脆卖掉得了。”

“有大宅子的人家，现在都这么说。昨天稻村小姐来，也挺惊讶的，说这房子真大。小姐大概要上咱们这儿来吧。”

女佣似乎想劝他不要卖掉。

“是栗本师傅这么说的吗？”

“是的。小姐一来，师傅就带她到屋里各处看了看。”

“唉，这人真是的。”

昨天，小姐没向菊治提到这事。

菊治以为，小姐只是从客厅走到茶室而已，所以，今天自己也不由得想打客厅到茶室走走。

菊治昨夜一夜没有合眼。

他觉得小姐的芳泽余香还会在茶室里荡漾，甚至半夜三更里还想起身，到茶室去看看。

“她永远是可望不可即的彼岸之人！”

对稻村小姐，他认定如此，所以尽量想法入睡。

这位小姐竟由千花子领着，在家里到各处看了一遍，实在出乎菊治的意外。

菊治吩咐女佣把炭火送到茶室里来，然后踩着石步走了过去。

昨晚，千花子要回北镰仓，便和稻村小姐一起走了。收拾碗盏什么的，留给了女佣。

茶具摆在茶室的一角，只要归整起来就行了，可是菊治不知原来搁在什么地方。

“栗本倒比我还清楚。”

菊治自言自语的，打量着挂在壁龛里的歌仙绘像[1]。

那是画家宗达[2]的一张小品，淡墨线描，轻轻着彩。

“这画的是谁呀？”

昨天稻村小姐这样问过，菊治一时竟回答不上来。

“哦，是谁呢？没有题款，我也不知道。这类画上的和歌诗人，模样都差不多。”

“是宗于[3]吧？”

千花子插嘴说：

“和歌写的是：常磐松树绿，春来分外青。按节令来说，嫌晚了点儿，可是你父亲挺喜欢，春天常常挂出来。”

---

1 歌仙是由平安时代歌人藤原公任选定的三十六名和歌名人。绘像一般书有题画和歌，在镰仓时代颇为盛行。

2 宗达：江户初期画家，生卒年不详。出身富商之家。绘画上吸收了日本的传统技法，加以大胆的装饰化，给水墨画别开生面。

3 源宗于（？—939），平安前期诗人，三十六歌仙之一。光孝天皇之孙。有《宗于朝臣集》。

“究竟是宗于还是贯之[1]，光凭画面，是不易分辨出来的。”

菊治又这样说了一句。

即使今天再细看，那张方脸膛，仍然分辨不出是谁。

然而，一幅小画寥寥几笔，倒令人觉得形象很大。这样端详之下，隐约闻到一股清香。

不论是这幅歌仙的画像，抑或是昨日客厅里插的菖蒲，都能勾起菊治对稻村小姐的回忆。

“因为等水开，所以送晚了。我想让水多滚一会儿再拿来。”

说着，女佣把炭火和茶釜搬了过来。

因为茶室潮湿，菊治才要火的，并没打算要茶釜。

女佣大概是听菊治说要火，便很机灵地连开水也给预备好了。

菊治随便加了几块炭，放上茶釜。

从小就跟着父亲出去参加茶会，对茶道这套规矩自然很熟；可是点茶之类，还没这个雅兴。父亲也不勉强他非学不可。

现在，水已经开了，他只是把茶釜盖稍微错开一点，坐在那里只管出神。

屋里还有股霉味儿。席子也挺潮。

素雅的墙壁，昨天稻村小姐在这里，把她衬映得越发娇艳妩媚，可是今天却显得暗淡无光。

菊治感觉上就像住在洋房里，穿起和服一样，记得昨天他对小姐说：

“栗本突然请你来，一定感到很为难吧？点茶什么的，也是她自作主张。”

1　纪贯之（？—945），平安前期诗人，三十六歌仙之一。著有《贯之集》《土佐日记》等。

“我听师傅说，令尊生前年年在今儿举办茶会。”

“是有此一说。不过，我早忘了，连想都没想起。”

“这样的日子，师傅把我这个生手叫来，不是叫人难堪嘛！再说，这一向我又偷懒很少去学。”

“栗本也是今早才想起来，现来打扫的。你看，还有股霉味儿。”

菊治接着嗫嚅着说：

“不过，一样的相识，倘若不是栗本介绍，就更好了。我真觉得对不起小姐。”

小姐感到迷惑不解，望着菊治。

“那为什么？要是没师傅，不就没人给咱们介绍了吗？”

然是随口反驳一句，但也是实情。

的确，倘若没有千花子，两人恐怕今生今世也不会相见。

菊治好像眼前一闪，劈头挨了一鞭似的。

并且，听小姐的口气，这头亲事似已应允，至少菊治是这么认为。小姐那迷惑不解的眼神，菊治之所以觉得像道闪光，也是因为这个道理。

然而，菊治直呼千花子为栗本，小姐听了，会作何感想呢？尽管为时很短，千花子毕竟曾是父亲的情妇。这点，小姐是否知情呢？

“在我的印象中，栗本很有点令人讨厌的地方。”

菊治的声音几乎有点发颤。

“有关我命运的事，我不愿意她沾边。我简直不能相信，你会是由她给介绍的。”

这时，千花子把自己的食案也端了进来。谈话便中断了。

“让我也来陪陪你们。”

说着便坐下来，仿佛刚干完活，要平一平气喘似的，稍微弯着背，察看小姐的脸色。

“只有一位客人，似乎冷清了点儿，不过，你父亲准会高兴。”

小姐垂下眼帘，肃然说：

“这是令尊的茶室，我真是不配来。”

千花子听了也不在意，想起什么便说什么，把菊治父亲生前使用这间茶室的情况，说个不停。

她好像断定这头婚事已经谈成了。

临走时，千花子在门口说：

“菊治少爷改天去稻村小姐府上回访一次，好不好？那时就该把日子定下来了。”

小姐听了点了点头。似要说什么，却没有说出口。本能使然，小姐浑身忽然显出一股娇羞之态。

菊治似乎都感觉到了她的体温，大出意外。

可是，菊治总觉得笼在一层黑暗而丑恶的帷幕之中。

直到今天这层幕也揭不掉。

不仅给他介绍稻村小姐的千花子不够洁净，就是他菊治本人也不洁净。

他常常陷于胡思乱想，父亲用不洁净的牙齿，去咬千花子胸脯上那块痣，父亲的影子跟自己重叠了起来。

即使小姐对千花子毫无芥蒂，菊治却不能释然。他为人怯懦，优柔寡断，虽然不全是源出于此，但至少也是原因之一。

菊治一方面摆出嫌恶千花子的神气，同时还装作这次婚事，完全是千花子强加于他的样子。千花子就是这样一个别人可以随便利用的女人。

他疑心小姐已经看穿这套把戏，所以觉得好似当头挨了一鞭。这时他才认清自己的为人，不禁感到愕然。

吃完饭，千花子去准备点茶的工夫，菊治又接着说：

“假使栗本就是操纵我们两人的命运之神，那么，对这命运的看法，小姐同我便有很大的差别。”

话里带些辩解的意味。

父亲死后，菊治就不愿让母亲一个人走进茶室。

不论父亲、母亲，还是自己，单独一人在茶室里的时候，谁都是各想各的心事，直到现在，菊治仍这么认为。

雨点淅淅沥沥打在树叶上。

其中，夹杂着打在伞上的声音，并且越来越近。女佣站在纸格子门外说：

“太田女士来了。”

“太田女士？是小姐吗？”

“是太太。好像病了似的，人挺憔悴……”

菊治蓦地站了起来，却又不再动弹。

“请太太到哪屋？”

“这里好了。”

“是。”

太田未亡人伞都没打就来了。也许是放在门口了？

菊治以为满脸的雨水，原来是眼泪。

因为从眼角不停地流到脸颊上，这才看出是泪水。

菊治太疏忽了，开头竟以为是雨水。

“啊！怎么了？”

叫了一声奔过去。

夫人两手扶着窄廊，坐了上去。

身软体瘫，好像要朝菊治倒过来似的。

门槛附近的窄廊上，也给滴滴答答地打湿了。

眼泪依旧潸潸不止，菊治竟又当成是雨点了。

夫人的眼睛始终盯着菊治，仿佛这样才能支撑着不倒下去。菊治也觉得，倘如躲开这视线，说不定会发生什么意外。

眼窝凹陷，眼圈发黑，眼角边起了鱼尾纹，成了双眼皮，带着点病态。奇怪的是那眼神如怨如诉，泪光点点，真有说不尽的温柔。

“对不起，我实在忍不住想来看看你。”

夫人的语气很亲切。

她整个体态都显得温柔可人。

倘如没有这份柔情，她那憔悴困顿的妇人样子，菊治不会去正眼瞧一眼的。

看到夫人痛苦之状，菊治简直心如刀割。他明知这痛苦是因他而起，可是，他竟有种错觉，好像自己的痛苦，因夫人的温柔模样而减轻了不少。

“要淋湿的，快上来吧。”

菊治猛地从后背搂住夫人的胸口，几乎把她拖了上来。那动作差不多有些粗暴。

夫人想站稳脚。

“请放手，放开我。我很轻吧？”

“是啊。”

“轻多了。这些日子我瘦了。”

菊治突然把夫人抱了上来，对这个举动自己也有些吃惊。

“小姐不会担心吗？”

“文子？”

听夫人这么一叫，还以为文子也跟来了。

“小姐也一起来了吗？”

“哪里，我是瞒着她来的……”

夫人抽泣着说。

“那孩子一刻都不放松地盯着我。哪怕是深更半夜，只要我一有动静，马上就惊醒。为了我，那孩子也变得有点异乎寻常了。她甚至怪我：妈为什么只生我一个？哪怕是三谷先生的孩子也好哇！”

说话的工夫，夫人坐正了身子。

从夫人的话里，菊治咂摸出小姐的悲哀。

是文子看着母亲忧伤，感到于心不忍，而深自悲哀吧？

尽管如此，文子说的“哪怕是三谷先生的孩子也好哇”这句话，菊治听了，不免有些刺心。

夫人还在目不转睛地盯着菊治。

“没准儿今儿还会追到这儿来。趁她没在家，我溜了出来……她大概以为下雨天，我不会出来。”

“下雨天，怎么样？”

“以为我身体弱得下雨天出不了门吧。”

菊治只是点点头。

“那天，文子上这儿来过吧？”

“来过。她说，原谅我母亲吧。弄得我简直没法回答。”

“那孩子的心思我全知道，为什么我偏偏还要来呢？哦，天哪！”

“不过，我很感激你。”

“这真求之不得了。能这样，我也该称心了……可事后我还懊恼，真对不起。”

“按说，也没什么可缠住你的。要有，难道是我父亲的阴魂不成？”

然而，听了菊治的话，夫人不为所动，并未改容。菊治仿佛扑了个空。

“把这些都忘了吧。”

接着，夫人又说：

“可是，不知为什么接到栗本师傅的电话，我会这么沉不住气，真是难为情。”

“栗本给你打电话了？”

“嗯，今儿早晨。她说你跟稻村家雪子小姐的亲事已经定了……这件事，她干吗要告诉我呢？”

太田夫人的眼睛又湿润了。可是，忽又一笑。倒不是又哭又笑，实在是天真的微笑。

“还没有说定呢。”

菊治否认说。

“我的事，你是不是让栗本看出什么来了？那次之后，你跟她见过面没有？”

“没见过。不过，她那个人挺厉害，没准知道了也难说。今儿早晨电话里，她准会觉得奇怪。也怪自己没用，当时差点儿没倒下去，也不知嚷了些什么。电话里她准听出来了。结果被她说了一句：太太，请你不要再从中作梗，行不行？”

菊治皱起眉头，一时说不出话来。

“说我从中作梗，这可真是……你和雪子的婚事，我只觉得自己不好。从早晨起，我就挺怕她的，战战兢兢，在家里简直待不下去。”

说着，夫人就像有什么东西附体似的，肩膀索索抖个不住，嘴角咧向一边，吊了上去。显出上了年纪的那种丑态。

菊治起身走过去，伸手去按夫人的肩膀。

夫人抓住他的手说：

“我害怕，怕得很呀！”

说着，神色悚然地向四周打量了一回。忽然，疲惫无力地说：

“是府上的茶室吗？”

这句问话是什么意思？菊治有些不解。便含糊其辞地应道：

“是的。”

“这茶室相当好呢。”

难道她想起了常常来赴约的亡夫，抑或是做东道主的菊治父亲？

“是头一次来吗？”

菊治问。

“嗯。”

“你看什么呢？”

“没有，没看什么。”

“那是宗达画的歌仙绘像。”

夫人的头点了一点，顺势垂了下去。

“以前没来过我家吗？”

“嗯，压根儿没来过。”

“是吗？”

“噢，来过一次，向你父亲辞灵那回。”

说完，夫人就没再做声。

“水开了，来一杯，怎样？可以解解乏。我也想喝。”

“嗳，行吗？”

夫人刚站起来，便一个踉跄。

菊治从墙角的箱子里，拿出茶碗之类。忽然想到这些茶具稻村小姐昨天刚用过，不过，他还是拿了出来。

夫人想取下茶釜上的盖子，手哆哆嗦嗦的，盖子碰到茶釜上，磕响了一下。

她拿着茶勺，胸朝前倾，眼泪滴湿了茶釜边。

“这只茶釜，还是我请你父亲买下来的。”

“是吗？我一点不知道。”

菊治说。

尽管夫人说这本是她亡夫的茶釜，菊治也无反感。对夫人这种直率并不觉得有什么冒昧。

夫人点完茶说：

“我端不动。劳驾你过来一下好吗？”

菊治走到茶釜旁边，就在那里喝了起来。

夫人好似昏了过去，倒在菊治的腿上。

菊治抱住夫人的肩膀，夫人轻轻动弹了一下，呼吸越来越弱。

菊治的胳膊里，仿佛抱着一个婴儿，夫人的身子软软的。

三

“太太！”

菊治使劲摇着夫人说。

菊治双手按着她脖根连着胸骨的地方，看上去像掐着她的脖子似的。显然，她的胸骨比上一次更加凸出了。

“太太，是我父亲还是我，你分得清吗？”

“你好忍心啊。我不干。”

夫人闭着眼睛，娇嗔地说。

她仿佛还沉浸在另一个天地里，不想立刻回到现实中来。

方才，与其说菊治在追问夫人，不如说在探索自己那颗不安的心。

菊治乖乖地给诱进了另一个天地里。只能把那看成是另一个天地。那里，究竟是父亲还是菊治，似乎浑无区别。即或有什么不安，也但等日后再说。

夫人简直不像是尘俗女子。甚至令人以为是史前的或是人类最后的女子。

她一旦堕进那另一个天地，便使人疑心，她对亡夫，对菊治父亲，以及对菊治，是不是已经不复辨认了？

“你想起我父亲的时候，是不是把他跟我当成了一个人？”

“原谅我。啊，太可怕了。我这人真是造孽呀！”

夫人的眼角淌下两行清泪。

“啊，真想死，我真想死啊！这会儿要能死掉，该多好。方才你不是要掐我的脖子吗？为什么不掐了呢？”

“别胡说了。不过，叫你这么一说，我倒想掐一下试试。”

“真的？那太谢谢你了。”

说着，夫人便伸长了脖子。

“人瘦脖子细，掐起来容易。”

“你舍得留下小姐去死吗？”

“没什么。反正这样下去，迟早会累死的。文子我就托付给你了。”

“你是说小姐也像你一样……”

夫人忽地睁开眼睛。

菊治也给自己的话吓了一跳，简直没想到会说出这话来。

夫人听了有何想法呢？

“你瞧，脉搏这么乱……我活不长了。”

说完，夫人拿起菊治的手，按在乳房下。

也许方才菊治那句话，让她吃了一惊，心才这样跳的。

“菊治，你多大了？”

菊治没有回答。

“还不到三十吧？我这人真该死，实在可悲。我自己也莫名其妙。”

夫人撑起一条胳膊，半身斜坐，蜷着两条腿。

菊治坐了起来。

“我来，可不是为败坏你跟雪子的婚事的。总之，一切都完了。”

“婚事还没定下来呢。不过，经你这么一说，我的过去也算一笔勾销了。”

“真的？”

“给我做媒的那个栗本，也是父亲的女人。那婆娘就爱提从前那些旧恨宿怨，出出心头的恶气。你是我父亲最后一个相好，我想父亲跟你在一起准很快活。”

“你还是同雪子早些结婚的好。”

“这要看我高兴。”

夫人失神地望着菊治，脸上没了血色，扶着前额说：

“天旋地转的，头晕得很。”

夫人一定要回去，菊治只好叫一辆汽车，自己也跟着坐了进去。

她闭着眼睛,倚在汽车角落里。看她伤心无主的神情,像有性命之忧。

菊治没有进夫人的家。下车时，她从菊治手中抽出冰凉的手指，一溜烟便消失了。

当天夜里两点钟左右，文子打来电话。

“是三谷少爷吗？我妈方才……”

说到这里顿了一下，接着清清楚楚地说：

“过世了。”

“什么？你妈怎么啦？”

“死啦。心脏麻痹。这一向，她一直吃许多安眠药。”

菊治无言以对。

“所以，我想求您一件事。”

“唔。”

“要是您有熟悉的大夫，能不能请您陪他来一趟？”

“大夫？请大夫吗？很急吧？”

菊治很惊讶，怎么还没请到大夫，猛地恍然明白了。

夫人准是自杀了。文子为了掩饰其事，才向菊治求救的。

“我明白了。”

“那就拜托了。”

文子一定考虑再三,才打电话给菊治的。所以,说话才这样审慎郑重，只讲了一下要办的事。

菊治坐在电话机旁，闭上眼睛。

同太田夫人在北镰仓旅馆共度良宵后，在回家的电车上所看到的落日景色，蓦地掠过菊治的脑海。

那是池上本门寺林中的落日。

赭红的落日，像在树梢上掠过。

霞色将森林衬映得黑黝黝的一片。

掠过树梢的落日，刺痛疲倦的眼睛，菊治便闭上了眼睛。

那时，他忽然觉得，稻村小姐包袱上的千只白鹤，仿佛在眼内的霞空里翩跹飞舞。

志野陶

一

菊治上太田夫人家，是在头七后的第二天。

倘如等下班再去，要拖到傍晚，所以他打算早些走。可是每当动身要走时，就有些心慌意乱，那天迟迟疑疑，直到下班都还没走。

是文子出来开的门。

“嗳呀，是您！”

文子两手扶在地板上，抬头望着菊治。仿佛是用两手支撑着颤抖的肩膀。

“谢谢您昨天送来的花。”

“不客气。”

“送了花，我以为您不会来了呢。”

“是吗？不过，也有先送花后来人的吧。”

“这倒没想到。”

“我昨天到附近花店来过……”

文子一本正经地点头说：

“花上虽然没有名片，可我立刻就猜到是您送的。”

菊治想起昨天在花店里，站在花丛中回忆太田夫人的情景。

还想起，蓦然间，花的香气竟冲淡了他对罪孽的恐惧。

此刻又受到文子温柔的接待。

文子穿一件白地的布衣服，没有搽粉，只是在有些干燥的嘴唇上，涂上淡淡一层口红。

“因为我想，昨天还是不来为好。”菊治说。

文子把膝盖往斜里挪了挪，意思是请菊治上来。

文子大概是为了要忍住不哭，才在门口寒暄的，可是当场再要说什么，说不定就会哭出来。

“收到您的花，真不知有多高兴。不过，您昨天也可以来的。”

文子从菊治的背后站起身，走过来说。

菊治尽量装出轻松的口气说：

“我怕招令亲贵戚讨厌，那反而不美。”

“我已经不在乎这些了。”

文子说得很爽快。

客厅内，骨灰坛前摆着太田夫人的遗像。

只有菊治昨天送的花，还供在那里。

菊治有些愕然，只留下他的花，别人的花难道文子都收走了吗？

不过，头七也许很冷清也难说。菊治有这种感觉。

“是水罐子吧？”

文子知道菊治说的是花瓶，便回答说：

“是的。我觉得挺合适。”

“好像是件上好的志野陶。”

做茶道的水罐用，略微小了点。

里面插的，是洁白的玫瑰和浅色的石竹。花束跟直筒形的水罐很相称。

“我妈也常常用来插花的，所以就留下来没卖掉。”

菊治坐在骨灰坛前，点上香，然后合掌瞑目。

他在祈求饶恕。可是，心里对夫人的爱，充满感激之情，仿佛又受到夫人一腔柔情的抚慰。

夫人是感到罪孽深重，不能自拔，才一死了事呢？抑或是情爱弥笃，无法克制，才殉情而死的？致夫人于死命的，究竟是爱还是罪？菊治想了一个星期，百思不得其解。

此时此刻，面对灵位，闭目凝思，脑海里虽然没有浮现出夫人的绰约丰姿，但那令人陶醉的香艳之感，却温存地萦绕着他。奇怪的是，菊治并不觉得有什么不自然，这恐怕也是因为夫人的缘故。那种感触的来复，只可以意会而不可以言传。

夫人死后，菊治常常夜不成寐，便在酒里加安眠药。尽管这样，还是容易醒，而且梦很多。

不过，做的倒不是噩梦。梦醒萦回，常常感到甜美酣畅，令人陶醉，哪怕醒后，也依然为之销魂。

一个死去的人，居然让人能在梦中感到她的拥抱，菊治觉得真是不可思议。凭他肤浅的经验，简直不可想象。

“我这人真是造孽。”

在北镰仓同菊治开旅馆那夜，夫人说过这句话；走进菊治家茶室时，也曾说过。正像这句话引起夫人快活的战栗和唏嘘一样，如今菊治坐在灵位前，虽然想着她的死，造成她死的就是罪孽，可夫人所说造孽这句话的声音，却仿佛又在耳畔回响。

菊治睁开眼睛来。

文子在他身后抽泣。像似极力忍着不哭出声来，但禁不住漏出一声两声，马上又咽了下去。

菊治端坐不动。问文子说：

“这是什么时候的照片？”

“五六年前的，是小照片放大的。”

“唔？是点茶时拍的吧？”

“咦？您倒看出来了。”

是张脸部放大照。齐衣领合拢之处，往下给剪掉了，两边肩膀也给剪了。

“您怎么知道是点茶时拍的？”

文子问。

“我这么觉得。你看，她眼睛朝下，脸上的表情好像在做什么事。虽然看不见肩膀，也能感到身上在使劲。”

“起先我觉得脸有些侧，犹豫了一阵，可是，我妈生前最喜欢这张照片。”

“这照片又娴静，又优美。”

“不过，脸有些侧，毕竟不大好。人家上香时，好像都不正眼看人不是？”

“哦，这倒是。”

“不光是脸扭过去，还低着头。”

“不错。”

菊治想起夫人临死前一天点茶时的情景：

她拿着茶勺，泪水把茶釜边都滴湿了。菊治走过去接茶碗。等喝完茶，釜上的眼泪才干。他刚刚放下茶碗，夫人便倒在菊治的腿上。

“拍这张照的时候，她人还胖一点。”

接着，文子又讷讷地说：

“再说，跟我太像的照片，供在那里，不知怎的，总有些不好意思。”

菊治蓦地回头看了一眼。

文子目光低垂。那目光，方才一直凝视着菊治的背影。

这回菊治少不得离开灵位前，跟文子相对而坐。

但是，对文子，他还有什么表示歉意的话好说呢？

幸而插花的器什，是个志野陶的水罐。菊治两手轻轻撑在罐前，装作打量茶具的模样。

白釉面上隐隐泛出红色，菊治伸手摸了摸那冷艳而又温馨的表面。

“柔润得像梦幻似的，这种精品志野陶，也确实叫人喜欢。”

他刚要说“柔润得像梦幻中的女人似的”，便缩住口，没说出“女人”二字。

“要是中意的话，就送给您，作为我母亲的纪念品。”

“不敢当。”

菊治抬起头来赶紧说。

“既然喜欢，就甭客气。我妈在天之灵也会高兴的。这水罐，似乎东西还不错。”

“当然是件精品。”

“我也是听妈那么说。所以，才把您送的花插在里面。”

菊治也没想到，竟然会热泪盈眶。

“那么我就收下了。”

“我妈也准会高兴的。”

“不过，看来我不大可能把它当茶道的水罐用。只能拿来当个花瓶。”

“我妈也用它插过花。能当花瓶用，也足够了。”

“即使插花，也不是茶道用的花。茶道器具要不用在茶道上，未免可惜了。”

“我不想学茶道了。”

菊治趁回头的工夫，站了起来。把放在壁龛附近的坐垫，拖到廊子这边，坐了下来。

文子坐得离菊治有几步远，一直没用坐垫，在他身后侍候着。

因为菊治挪开了，文子便孤单单地给留在客厅的中央。

她两手手指弯着放在膝盖上，大概怕手指发颤，便握了起来。

“三谷少爷，请原谅我妈吧。”

文子说完，嗒然低下头去。

在她一低头的那瞬间，菊治以为她会倒下去，不禁吃了一惊，说道：

“哪儿的话。要请原谅的，该是我。我觉得，‘请原谅’这三个字，我都说不出口。不知该怎样表示歉意才好。对你，我感到有愧，简直不好意思来见你。”

“有愧的是我们呀。”

文子脸上露出羞惭的神色。

“真想钻进什么地缝里去。”

从她那没搽脂粉的脸颊，直到白皙修长的颈项，都微微泛起红晕，看得出文子已心力交瘁。

那微红的脸色，反而使人感到她有些贫血。

菊治内疚地说：

“我想，你妈不知有多恨我呢。”

“恨您？瞧您说的。我妈她会恨您吗？”

“怎么不会？不是因为我，她才死的吗？”

“那是她自己寻死。我一直这么认为。她死后，这一个星期里，我一个人就在琢磨这件事来着。”

“她过世了，你就一个人待在家里吗？”

“嗯。原先妈和我两个人，也一直这么过的。”

“你妈，是我害了她。”

“是她自己要死的嘛。要说是您害了她，倒还不如说我害了她。倘如我妈死了，非得恨什么人的话，那就得恨我才是。要旁人来受过，或是悔恨什么，我妈的死，就显得不正大光明，不纯正无疵了。让活着的人负疚或后悔，我觉得会给死者增添负累的。”

“也许确是这样。不过，要是我没遇上你母亲……”

菊治说不下去了。

“我想，死去的人要能得到宽恕，那就如愿以偿了。说不定我妈就是想以死来求您宽恕。您能原谅她吗？”

说完，文子便站起身走开了。

听了文子的话，菊治觉得脑海里好似撤除了一层帷幕。

心里忖道，人死了，负累也能减轻吗？

难道因死人而烦恼，就等于诅咒死者，就是浅薄，就是错上加错不成？其实，死就死了，哪儿还会用道德强制活着的人？

菊治的目光又转向夫人的照片。

二

这时，文子端着茶盘进来。

盘里放着两只直筒状的茶碗，一只是赤乐[1]，一只是黑乐。

黑釉的那只，放在菊治面前。

沏的是粗茶。

菊治端起茶碗，一边打量碗底的款识，一边莽撞地问了一句：

“谁烧的？”

“我想是了入。”

“红的也是？”

“嗯。”

“原来是一对呀！”

说着，菊治把那只红的打量了一眼。

红的一只放在文子的膝前，还没碰过。

这对直筒茶碗，用来喝茶正合适。可是菊治脑海里倏地浮起一个恼人的幻象。

文子的父亲死后，菊治的父亲还在世，每次来找文子母亲，两人不

---

1 日本陶瓷之一种。京都人长次郎（1516—1592），得茶道名家千利休亲授，烧制成的茶具为丰臣秀吉所喜，赐以“乐”印，遂用为家号。“乐家茶碗”按釉色分为白、黑、赤三种，多有名品传世。下文的“了入”（1770—1834），为乐家第九代陶匠。

就是把这对乐家茶碗当普通茶碗用的吗？给菊治的父亲用黑的，文子的母亲用那只红的，岂不是一对夫妻碗吗？

真是了入瓷，倒也不算辱没了它，或许还是他们旅行幽会用的茶碗也难说。

果真如此的话，文子又明明知道个中情形，还给菊治拿出这对茶碗来，那就未免太捉弄人了。

可是菊治既未感到含沙射影的讥刺，也未觉出别有用心的企图。

他认为这纯粹是一种少女的感伤。

而且，连菊治自己也给牵惹得感伤起来。

也许是太田夫人的死，把文子和菊治都给缠住了，无力抗拒这种别样情调的感伤。然而，这对乐家茶碗，使菊治与文子陷入同样的悲伤，同样的深沉。

菊治的父亲和文子的母亲之间，母亲与菊治之间，以及母亲的死，一切的一切，文子全都清楚。

文子母亲自杀的事给遮掩过去，也是他们二人同谋的。

文子沏茶时好像哭过，眼睛有些发红。

“我觉得今天还是来了的好。”

菊治说。

“照你方才的话，可以理解为，死人与活人之间，不论原谅不原谅，已经没有什么意义了。那么，我现在能不能够认为，已经得到你母亲的宽恕了呢？”

文子点点头说：

“要不然，我妈也得不到您的宽恕呀，尽管她始终不能原谅自己。”

“可是，我到这儿来，跟你这样相对而坐，不是有点过分吗？”

“那为什么？”

文子望着菊治说。

“您的意思，是她不该死吗？母亲刚死那两天，我真有些替她抱屈，不论怎样被人误解，死总不能洗刷什么。死了，岂不是拒绝别人谅解吗？别人也无从宽恕她呀。”

菊治默默听着，心里在想，难道文子也探测过死亡的奥秘？

听到文子说，死是拒绝别人的谅解，使他颇感意外。

就以眼前而论，菊治所了解的夫人与文子所了解的母亲，大概就有很大出入。

文子无法了解作为女人的母亲。

在菊治来说，宽恕别人也罢，被人宽恕也罢，只发生在对女人肉体那种如梦如痴的陶醉之中。

这对一黑一红的乐家茶碗，似又使菊治悠然神游那如梦如痴的境界。

文子就不会了解乃母的这一面。

从娘胎里生出来的孩子，却不了解母亲的肉体，似乎不无微妙；可是母亲的体态，竟传给了女儿，倒也微妙得很。

从方才文子在门口接他开始，菊治便感觉到一种脉脉的温情，那也是因为从文子温柔的圆脸上，看到了她母亲的面影。

倘如夫人从菊治身上，看到了他父亲的面影而再度失足，那么，菊治觉得文子酷似乃母，便是令人战栗、大可诅咒的事。但是，菊治却又乖乖地受其诱惑。

只要看一眼文子那微翘的下唇、小巧而干燥的嘴唇，菊治便觉得无法同她争辩。

该怎么才能使她表示一下反抗呢?

菊治心里不禁生起这样一个念头。

“你妈人太温顺了，以至于活不下去。”他说，“而我，对你妈未免又太狠心了点儿。有时不免把自己道德上的内疚，以那种形式，强加于她。因为我这人既胆小，又卑鄙……”

“是我妈不好。她这人太糟糕了。不论同令尊的事，或是同您的事，我觉得这虽说不是她本性……”

文子欲言又止，脸上一片飞红。血色比方才强多了。

她稍稍扭过脸去，低垂了头，仿佛要躲开菊治的目光似的。

“不过，我妈死的第二天，我就渐渐觉得她美。倒不是我想象出来的，而是她自然而然显得美好起来。”

“对死去的人来说，不管怎么着，恐怕都一样吧。”

“我妈也许是因为对自己的秽行隐忍不了，才死的……”

“我看不是这样。”

“再说，她伤心也伤够了。”

文子眼里涌出泪水。大概想把母亲对菊治的深情吐露出来。

“死去的人已长留在我们心里，就好好珍惜吧。”

菊治又说：

“只是他们都死得太早了一点。”

文子大概也明白，菊治是指他跟文子两人的父母。

“你我都是独生子女。”

菊治接着说道。

可是说完这句话，他才想到，要是太田夫人没有文子这个女儿，他与夫人的事，说不定自己更要胡思乱想，叫那些阴暗怪诞的念头给缠住。

“据说你待我爸也很亲切。这还是听你妈说的。”

这句话他终于说了出来。以为说得很自然。

他认为，父亲和太田夫人相好，出入她家的事，也不妨同文子聊聊。

可是，没料到文子当即手扶在席子上说：

“请您原谅。我妈也可怜……打那时起，她就随时准备死来着。”

说完，便趴在那里，一动不动哭了起来，肩膀也像松了劲儿。

她没防菊治会来，连袜子也来不及穿上。她缩起身子，仿佛要把脚心藏在身下。

披散在席子上的头发，差点碰到那只直筒赤乐碗。

哭着哭着，两手捂着脸，走了出去。

过了半晌还不见出来，菊治便说：

“那么我今天就此告辞了。”

说完，菊治走到门口。

这时，文子捧着一个包袱出来。

“这个包，请您带回去吧。”

“哦？”

“志野罐。”

将花取出，把水倒掉，擦干，装盒，然后包好，对她手脚麻利，菊治真是十分惊讶。

“今天就让我带回去？不是还要插花吗？”

“甭客气，只管拿着好了。”

菊治心里想，文子大概是因为浸沉在悲哀中，出手反而更加麻利了，嘴上一面说：

“那么，我就收下了。”

“我亲自送到府上，固然周到，可是，有所不便。”

“那为什么？”

文子没有回答。

“好吧，请多保重。”

菊治刚要跨出门，文子说：

“谢谢您了。我妈的事，请不要介意，还是早些结婚吧。”

“你说什么？”

菊治回过脸去，文子却没有抬起头来。

三

志野陶水罐带回来后，菊治也想该插上白玫瑰和浅色的石竹花。

直到太田夫人死后，菊治好像才爱上她，常常为之情思缠绵。

而且，他的感情，还是经她女儿文子点破之后，才了悟过来的。

星期天，他试着给文子打了个电话。

“你家里仍旧只有你一个人吗？”

“是呀，我也已经觉得寂寞了。”

“一个人住，总归不行的。”

“可不是。”

“你家里这么静，电话里都好像能感觉到。”

文子吃吃地笑了起来。

“请朋友来住住不好吗？”

“可我总觉得，要是别人一来，我妈的事就会给人知道了去似的……”

菊治无言以对。

“就你一个人，恐怕不便出门吧？”

“那倒不至于。可以锁上门出去。”

“那就请你来玩玩吧。”

“谢谢你，改日吧。”

“你身体怎么样？”

“瘦了点。”

“睡得好吗？”

“夜里几乎睡不着。”

“那怎么行呢？”

“最近也许把这儿的房子处理掉，到朋友那里租间房子住。”

“你说最近，是几时呢？”

“我想等这儿卖掉，就搬。”

“卖房子吗？”

“嗯。”

“你打算卖掉？”

“嗳。您认为卖掉不好？”

“唔，倒不是。我这座房子也想卖掉呢。”

文子没有做声。

“喂喂，这些事，电话里也谈不清。星期天我在家，能不能劳驾来一趟？”

“好吧。”

“你送的志野罐，我插上西洋花了。你要是来，可以当水罐用一次……”

“是点茶吗……”

“倒也不是。这件志野陶，要不当水罐用一次，未免委屈了它，是不是？何况，茶具本来就该配别的茶具用，才能相得益彰；要不然，货真价实的美就显不出来。”

“可是，今天我这副样子，比上次见面的时候更加难看。我不来了。”

“没有别的客人，怕什么呢？”

“不想来了……”

“是吗？”

“那么再见。”

“请多保重。好像有人来了，再说吧。”

来客原来是栗本千花子。

菊治神色有些惊惶，担心方才的电话，会不会被她听去。

“实在闷得慌，也好久没碰上这样的好天儿，所以，我就来了。”

千花子嘴上打着招呼，眼睛早已看见那件志野水罐。

“这往后入了夏，茶道就该闲一阵了，我想来这儿的茶室坐坐……”

千花子将带来的礼品，点心和一把扇子，拿了出来。

“这茶室，怕又要泛潮发霉了吧？”

“也许吧。”

“那是太田家的水罐吧？让我看看。”

千花子若无其事地说着，身子朝花那边挪过去。

当她手扶在席上，往下一低头，那骨骼粗大的肩膀，就怒突出来，样子就像在喷吐毒气。

“买的？”

“不，送的。”

“送你这个？这礼物很贵重啊。是做纪念的吧？”

千花子一抬起头，便转过身子说：

“这么名贵的东西，你不会向她买吗？让人家小姐送，倒叫人有些不放心。”

“好吧，容我再考虑考虑。”

“就这么着吧。太田家的茶具，也弄来了不少，可都是你父亲买下来的。即使在照顾太田太太以后，也没白要过……”

“这些事，我不愿听你提。”

“好了好了，不提就是了。”

说着，忽然轻快地站起身来，走了出去。

只听见她在那边跟女佣说话。过了一会儿，系着围裙出来。

“太田太太是自杀的吧？”

千花子出其不意地问道。

“不是。”

“不是？我一听就知道了。她那个人，身上总有股妖气。”

千花子望着菊治说。

“你父亲也说过，这个女人叫人捉摸不透。当然，我们女人家，看法又不同些。反正她总是装得天真烂漫的样儿，跟我一点儿都合不来。黏黏糊糊的……”

“人死了，你不要再说她坏话好不好？”

“话是这么说。可是死人，不是还在破坏你的亲事吗？连你父亲也叫她折腾苦了。”

菊治心里想，觉得苦的，怕是你千花子吧。

父亲跟千花子相好，也只是逢场作戏，为时很短，虽然原因不在太田夫人，但是，父亲到死，跟太田夫人倒一直相好，千花子简直把她恨之入骨。

“她那种女人，像你这样的年轻后生，是不会了解的。她死了倒好。我这是老实话。”

菊治扭过脸去没理她。

“连你的婚事，她都要从中作梗，谁受得了哇？她准是觉得太作孽，又收不了那份邪心，才死的。像她那种人，还以为死了能跟你父亲阴间相会哩。”

菊治不由得打了一个寒噤。

千花子走到院子里，说道：

“我也要上茶室去静静心。”

菊治坐在那里看着花，半晌没动。

粉白和浅红的花色，与志野陶上的釉彩，朦朦胧胧，混成一片。

这时，文子独自在家掩面痛哭的身影，忽然掠过脑际。

母亲的口红

一

菊治刷完牙，回到卧室的时候，女佣正把牵牛花插进挂在墙上的葫芦花瓶里。

“今天我要起来了。”

菊治嘴上这么说，身子又钻进了被窝。

他仰卧着，在枕头上歪着脖子，望着挂在壁龛角上的花朵。

“有一朵已经开了。”

女佣说着，便退到隔壁房里。

“今天还请假吧？”

“嗯，再休息一天。不过，我要起来。”

菊治因为伤风头痛，有四五天没去公司上班。

“这牵牛花，从什么地方摘来的？”

“在院子边上，缠在襄荷上，都开了一朵了。”

大概是自生自长的吧？是那种常见的靛蓝色，纤细的藤蔓上，花和叶都挺小。

可是，插在古旧发黑的红漆葫芦花瓶里，绿叶蓝花倒垂下来，颇觉清新雅致。

父亲在世时，这女佣就一直在家里帮忙，这类事不用吩咐自己会做。

花瓶上红漆褪色的地方，还看得见花押。古色古香的盒子上，写着“宗旦”两字。如果确是真品，那只葫芦便是上三百年的东西了。

菊治不懂茶道插花的规矩，女佣自然也不清楚。不过，早上点茶，插牵牛花似乎也行。

在传世三百年的葫芦里，插着一个早晨便会凋谢的牵牛花，想到这里，菊治不禁凝目看了一会儿。

这跟同样是三百年前的志野陶水罐里插满西洋花相比，兴许还更合适些？

可是，养在水里，牵牛花究竟能保持多久呢？心里不免有些嘀咕。

女佣侍候他吃早饭时，菊治说：

“那牵牛花，我以为眼看就会枯萎呢，倒也不见得。”

“是吗？”

菊治想了起来，文子权当她母亲的纪念品送他的志野水罐，他曾打算插一次牡丹花来着。

水罐拿回来时，牡丹花的花期已过，可是当时，也许什么地方还会有开的。

“我都忘了家里还有这样一只葫芦，难为你给找了出来。”

“是的。”

“你见过老爷在葫芦里插牵牛花吗？”

“倒没见过。牵牛花和葫芦都是蔓生的，所以，我想插插看。”

“唔？蔓生……”

菊治笑了笑，愣在那里。

看报纸的时候，头开始发沉，便躺在起居室里说：

“被盖还没收拾吧？”

女佣正在洗东西，听见问，便擦着湿手进来说：

“那我去拾掇一下吧。”

菊治随即到卧室去，一看，壁龛里的牵牛花不见了。

葫芦花瓶也没挂在原处。

“哦。”

大概花要枯了，不愿让菊治看见的缘故吧。

女佣说，牵牛花和葫芦都是“蔓生的”，菊治无端笑了出来。是的，父亲当年的一些规矩，依然保留在女佣的某些做法里。

然而，志野水罐仍摆在壁龛正中的地方，没有收走。

倘若文子走来看到了，准会以为不知爱惜呢。

这只水罐刚从文子那里拿来，菊治就赶紧插上粉白的玫瑰和浅色的石竹。

因为文子在母亲灵位前，就是这样插的。而那束白玫瑰和石竹花，就是文子母亲头七那天，菊治送的。

菊治抱着水罐回家的路上，到隔天送文子家花的那爿花店里，买了同样的花回来。

后来，光是摸摸那只水罐，菊治就会怦然心跳，便没再插什么花。在路上，有时看到中年妇女的背影，他竟能给迷住，及至回过念来，便神情黯然，喃喃自语：

“简直是在犯罪。”

等他收束心神，再一端详，那背影并不像太田夫人。

只不过身腰丰满，身形略似而已。

倏地，菊治浑身一哆嗦，感到一种渴望，但同时，陶醉与疑惧交并，使他在即将犯罪的一刹那顷，当即醒悟过来。

“使我发生邪念的，究竟是什么呢？”

菊治即便这么说，想甩掉什么，可是代替回答的，竟是越发想与夫人相会的欲念。

与死者的神交，那种感触有时竟会活灵活现的。菊治也想过，若不能从中摆脱出来，自己便不可救药了。

有时菊治也认为，这或许是因为道德上的自责，引起官能上的病态。

菊治把志野水罐收进盒里，然后钻进被窝。

他转眼去看院子时，打起雷来了。

雷声虽远，却很响，而且越响越近。

电光开始掠过院里的树木。

骤雨已至。雷声倒像离得远了。

地上溅起了水花，雨势很猛。

菊治爬起来，去给文子打电话。

“太田小姐已经搬走了……”

对方说。

“啊？”

菊治禁不住心头一跳。

“对不起。那么……”

心想，文子已经把房子卖掉了。

“您知道搬到哪里吗？”

“啊，请稍等一下。”

接电话的似乎是女佣。

马上又回到电话机旁，好像在照字条念，把地址告诉菊治。

说是房东姓户崎，也有电话。

菊治把电话又拨到那家。

只听见文子声音爽朗地说：

“让您久等了。我是文子。”

“文子小姐吗？我是三谷。我刚给你家打过电话。”

“真对不起。”

她声音压低之下，很像她母亲。

“几时搬的？”

“哦，是……”

“怎么不告诉我呢？”

“这些日子一直在朋友这里叨扰。房子已经卖掉了。”

“哦。”

“我总拿不定主意，不知要不要告诉您。起初没打算告诉您，也决定不告诉您。可近来，心里又后悔没告诉您。”

“那可不是嘛。”

“哟，您也这么认为？”

说话的工夫，菊治仿佛洗了一个澡，神气为之一爽。电话难道也会有这种效验？

“那个志野水罐，你送给我的，每次看到，就特别想见你。”

“是吗？家里还有另外一件志野陶，是只直筒形的小茶盅。上次我想跟水罐一起送给您来着。可是，因为我妈用来喝过茶，碗边上还染上了口红印儿……”

“唔？”

“那是我妈的说法。”

“瓷器上沾着你妈的口红印，会不掉吗？”

“不是没掉。那件志野陶，本来就带点浅红，我妈说，口红一沾在碗口上，就怎么也擦不掉。妈死后，我看那茶盅，碗口上真有一处，像似隐隐地发红。”

文子说这话，果真那么若无其事吗？

菊治听不下去了，便转个话头：

“这里阵雨下得很大，你那里呢？”

“也是倾盆大雨呀。我怕打雷，都缩成一团了。”

“这场雨后，想必会凉爽一些。我在家休息了四五天，今天还在家里。高兴的话，过来玩玩吧。”

“谢谢。要拜访的话，也得等找到事以后。我想出去做点事。”

没等菊治回答，文子又说：

“接到您的电话，我挺高兴，就来一趟吧。虽然我觉得似乎不该再看您……”

菊治等阵雨过去，让女佣收起铺盖。

菊治自己也很奇怪，打电话的结果，居然把文子给请了来。

他尤其没有料到，同太田夫人之间那种罪孽的阴影，竟因听了她女儿的声音而变得无影无踪。

难道是女儿的声音，使他觉得她母亲虽死犹生吗？

菊治刮胡子时，把刮下的胡子带肥皂沫，一齐甩在院里的树叶上，让雨水给冲掉。

刚过中午，还以为文子来了，菊治到门口一看，原来是栗本千花子。

“哦，是你！”

“天儿热起来了。好久没来了，今儿来看看你！”

“我身体不大舒服。”

“可别病了。脸色也不怎么好。”

千花子紧蹙额角，看着菊治。

菊治思量着，自己认为文子会穿西服来的，怎么听见木屐声，就错当文子来了呢？真是怪事。嘴里同时说道：

“新镶了牙吧？好像年轻多了。”

“趁黄梅天，有闲工夫才去镶的……就是太白了点儿。反正很快就变色，管它呢。”

千花子走到菊治的卧室，看了看壁龛。

“什么都没有，这回可干净利索了吧？”

菊治说。

“是呀，都是这黄梅天嘛。不过，至少得摆点花儿什么的……”

接着，回过身子说：

“太田家的那件志野罐，后来怎么着了？”

菊治没做声。

“还掉不好吗？”

“那是我的事。”

“也不见得吧？”

“至少，用不着你来指手画脚。”

“倒也未必吧？”

千花子露出雪白的假牙笑着说：

“今儿个来，就是为了要噜苏几句。”

说着，陡然双手一挥，好像要赶掉什么似的。

“我非把那股妖气，从这个家里赶走不可……”

“你别吓唬人好不好？”

“不过，我这个媒人，今儿个倒要提几个条件出来。”

“假如还是稻村小姐的事，那么谢谢你的好意，我不能接受。”

“哟！哟！因为不中意我这个媒人，竟连中意的亲事也要毁掉，岂非气量太小。媒人搭桥，你只管在上面走道，你父亲当年还不是满不在乎，照样利用我。”

菊治沉下脸来。

千花子说得越起劲，肩膀就越爱耸起来。

“那也难怪。我跟太田太太不一样，心直口快。即便这种事，也不想藏在心里，总想有朝一日还是说说的好。遗憾的是，在你父亲那些相好的当中，我竟算不上数。短暂得很，一下子就吹了……”

说完，便低下头去。

“不过，我倒不恨他。打那以后，只要对他有用，他就随意利用我……你们男人家，利用有过关系的女人，顶牢靠了。我呢，也托你父亲的福，学到一些处世之道，大有用处。”

“哼。”

“所以，你就利用一下我这处世之道，也大有用处。”

她这番话，菊治不知不觉倒也听了进去，认为有点道理。

千花子从和服腰带里抽出一把扇子。

“一个人要太像个男人，或太像个女人，就学不来这种有用的处世之道。”

“是吗？那么这种处世之道，就该是男不男女不女的喽？”

“别奚落人，好吗？要能变得男不男女不女的，倒正好能把男人和女人的心思一齐看透。你想过没有？太田太太娘儿俩相依为命，她居然舍得丢下女儿，自蹈死路！依我看，她说不定别有用意，以为她死了，你可以替她照顾女儿……”

“什么话！”

“我细细琢磨了一番，恍然解开这个疑团。我总觉得，她是拿死，来毁掉你这次亲事。她的死，非同寻常，必有道理。”

“是你自己胡思乱想罢了。”

菊治一面这样说，一面感到千花子的胡言乱语真是刺心。

仿佛是电光一闪。

“菊治，你是不是把稻村小姐的事，告诉过太田太太？”

菊治记了起来，但又装作不知。

“打电话告诉太田太太，说我的婚事已经定了的，不是你吗？”

“是的，我告诉过她。叫她别捣乱。就在那天晚上，她死了。”

顿时默然。

“可是，我打电话，你怎么知道呢？是她来向你哭诉的吧？”

菊治冷不防挨了一下。

“是不是？怪不得她在电话里就‘哎呀’叫了一声呐。”

“这么说，不等于你害了她吗？”

“你以为这么想，就可以脱掉干系，轻松自如了是吧？反正我也演惯反派了。你父亲就是这样，用得着的时候，便叫我替他做恶人，对他用处大着呢。倒并不是为了报答他，今儿我就再来演一回反派。”

在菊治听来，千花子似乎是把那根深蒂固的嫉妒和憎恶一吐为快。

“算啦，这些个内幕，就佯作不知吧……”

千花子的眼神，仿佛在谛视自己的鼻子尖似的，接下去说道：

“你要是讨厌我，以为我多管闲事，尽管皱眉头好了……总有一天，我要把这个狐狸精赶跑，帮你缔结良缘。”

“缔结良缘这类话，请你不要再提，行不行？”

“行，行。我也不愿把太田太太的事搅进来。”

千花子把声音放柔和说：

“当然，太田太太也算不上是坏人……自己死了，不言不语的，便把闺女许给你，这不过是她的痴心妄想，所以……”

“又胡说八道开了！”

“就是这么回事嘛。她在世的时候，你真以为，她从来都没想过要把闺女嫁给你吗？要真这样以为，你也太糊涂了。她那个人，不管睡着醒着，只顾想你父亲，像着了魔似的，要说是痴情，倒也真是痴情。糊里糊涂的，把闺女也给卷了进来，末了，连命都搭上了……在旁人看来，不是恶报，就是天谴。简直是天网恢恢。”

说到这里，菊治和千花子彼此面面相觑。

千花子把两只小眼睛向上翻起，那目光定定然直瞧着菊治，菊治只得侧过脸去。

菊治之所以畏首畏尾，让千花子絮絮不休说道半天，是因为原本自己就有弱点，尤其因为千花子的奇谈怪论，把他怔住了。

死去的太田夫人，果真想叫女儿文子跟菊治订终身吗？菊治连想都没想过，也不信这话。

恐怕又是千花子在发妒火吧？

正像千花子胸脯上长的那块令人嫌恶的黑痣一样，也许是一种瞎猜疑？

然而，这番奇谈怪论，在菊治听来，不啻为一道闪电。

菊治感到十分惶恐。

难道自己真的就没有抱过这种希望吗？

母亲亡故之后，移情于女儿，这在世上并不是没有先例。可是，当一个人还恋恋于母亲的拥抱，却又不知不觉倾心于其女儿，竟至自己都未察觉，岂不真是入了魔障？

现在想来，自从与太田夫人相会以来，他觉得自己的性格全变了。

总好像麻木了一样。

“太田小姐来了。她说，要是有客人，就改天再来……”

女佣进来通报。

“嗳呀。她回去了吗？”

菊治起身走了出去。

二

“方才太失礼了……”

文子伸着白净而修长的脖颈，抬头望着菊治。

从喉咙连接前胸的凹陷处，蒙着一层淡黄的阴影。

不知是光线的缘故，抑或是形容的憔悴，看到那淡淡的阴影，菊治顿感安然。

“是栗本来了。”

菊治直言以告。出来的时候虽有些拘谨，但一见到文子，反而轻松起来。

文子点点头说：

“我瞧见师傅的阳伞了……”

“哦，是这把伞吗？”

一把长柄灰伞，在门口靠墙竖着。

“要不然，请你先上厢房那儿的茶室待一会儿？栗本那老婆子就要回去的。”

菊治嘴上说着，心里不免埋怨自己，明知文子要来，为什么没把千花子打发走呢？

“我倒没什么……”

“是吗？那么请。”

文子仿佛对千花子的敌意茫无所知，进客厅时，还向她寒暄致意。

同时，对她来给母亲吊丧，也道谢了一番。

千花子像授徒传艺时的样子，耸起左肩，挺着胸脯说：

“你妈也是位性气平和的好心人，在这好人活不下去的世道里，她像最后一朵花似的凋谢了。”

“我妈可没那么好。”

“撇下你一个人，你妈心里准牵挂得很。”

文子垂下目光。

微微翘起的下唇，抿得紧紧的。

“一个人也怪冷清的，不如来学学茶道……”

“哦，我已经……”

“可以解解闷儿。”

“我不够资格。”

“瞧你说的。”

千花子把叠放在腿上的手左右一分，说道：

“其实呀，我是看这黄梅天快完了，想来给他们家茶室通通风，所以，今儿个才来的。”

说完，睃了菊治一眼。

“正好文子小姐也来了，你看行不行？”

“什么？”

“让我用用你妈的纪念品，那个志野水罐……”

文子抬头看了看千花子。

“也好借此说说你妈的往事。”

“要是在茶室里哭了起来，那多不好。”

“嗨，那就哭呗。怕什么的。赶明儿菊治少爷娶了亲，这茶室也就不能随便来了，尽管这儿的茶室是值得我回忆的地方……”

千花子笑了笑，然后敛容正色道：

“我是指跟稻村小姐的亲事，要是成了的话。”

文子点点头，不露一点声色。

可是，和母亲相似的小圆脸上，看得出憔悴的颜色。

菊治说：

“提这些没成的事，不是难为人吗？”

“我说的，就是‘要是成了的话’。”

千花子把菊治顶了回去，又说：

“好事总是多磨。事情没成之前，文子小姐权当没听见这话吧。”

“哎。”

文子又点了点头。

千花子招呼女佣，自己起身打扫茶室去了。

“这儿的树荫，叶子还湿着呐，当心点呀。”

院子里传来千花子的声音。

三

“早上的电话里，差不多听得见这儿的雨声吧？”

菊治说。

“电话里也能听见雨声吗？我倒没留意。这儿院子里的雨声，电话里也能听见？”

文子朝院子望去。

隔着树丛，传来千花子打扫茶室的声音。

菊治也望着院子说：

“你那边的下雨声，电话里听不听得见，我也不记得了，可是过后，却有种感觉。刚才风雨骤至，声势真大呀。”

“可不。那雷声才怕人呢……”

“对了，对了，电话里你也说过。”

“连这些无聊的小事，我都像我妈。小时候，每次打雷，我妈就用和服袖子蒙住我的头。夏天，要是上街去，我妈常说，今儿个会不会打雷，总要先看看天色。即使到了现在，只要一打雷，我就吓得甚至拿袖子捂住脸。”

文子说着，从肩膀到胸口，隐约露出一股娇羞之态。

“那只志野茶盅，我带来了。”

说着便站起身走了出去。

到客厅里，她把原封包好的茶盅，放到菊治的膝前。

见菊治还在游移，便把包拉到自己面前，从盒里取出茶盅。

“那只乐家直筒碗，你妈好像也当茶杯用的，是了入烧的瓷吧？”

菊治问。

“是的。可她说，不管黑乐还是赤乐，那两只碗跟粗茶或是煮的茶，颜色不配，所以她常用这只志野小茶盅。”

“不错，黑乐显不出粗茶的颜色……”

看到菊治仍旧无意把摆在面前的志野直筒茶盅拿起展玩，文子便提起话头：

“这虽然不是什么上好的志野陶……”

“哪里。”

可是，菊治终究觉得不好贸贸然就伸手去碰。

正像早晨文子说的，这只志野陶的白釉上，隐隐地带点红。仔细打量之下，那红色仿佛能从白釉中渗出来似的。

并且，碗口上略微带点浅茶色，有一处，浅茶色看似更浓一些。

那儿该是唇吻的地方吧？

看来好像是沾的茶锈。也许是嘴唇碰脏的缘故。

再一看，那浅茶色中仍旧透出一丝红意。

今晨文子在电话里也说到过，这难道真是她母亲的口红染在上面的？

经他这一琢磨，再看釉上的纹路，确是显出茶、红两色来。

那色调好似褪色的口红，又像萎蔫的玫瑰红——同时也像沾在什么东西上的血渍发了旧一样。想到这里，菊治心里好不奇怪。

他既感到龌龊，觉得恶心，同时又感到一种诱惑，心驰神往。

茶碗面上，黑里透青，画了几枚宽叶草。叶子中间，透出一丝锈红色。

那些草，画得纯朴刚健，仿佛要唤醒菊治那病态的官能。

碗的形状，端庄凝重。

“相当好哇。”

说着，菊治便伸手拿了起来。

“我不大懂瓷器，可是我妈喜欢，拿来当茶杯用。”

“给女人当茶杯用，倒是蛮合适的。”

菊治从自己的话里，又一次活灵活现地感知文子母亲这个女人。

尽管如此，沾上乃母口红的这只志野茶盅，文子为什么要拿来给他看呢？

是天真？抑或是迟钝？菊治简直弄不明白。

只不过，文子那种毫无抵牾的情绪，好像也传给了他。

菊治一面把茶盅放在腿上转来转去地看着，一面尽量避免手指挨到嘴唇碰过的那块地方。

“请收起来吧。要是叫栗本那老婆子看见，又该噜苏讨厌了。”

“好吧。”

文子把茶盅放进盒里，重新包好。

她带来是打算送给菊治的，似乎没有机会表示。也许是怕菊治不中意这东西。

文子站起来，把包又放回门口去了。

千花子弯着身子从院子里走了上来。

“把太田家的那个水罐子拿出来呀？”

“就用我们家的好不好？太田小姐现又在这儿……”

“瞧你这话说的，不就因为文子小姐在这儿，才用一用吗？我们正要借志野陶这件遗物，来谈谈她妈的往事嘛。”

“你不是恨太田太太吗？”

菊治说。

“我恨她干什么？我们不过是脾气合不来罢了。再说，人死了，要恨也没法儿恨了。不过，就因为脾气合不来，对她才无从了解，另外一方面，有些地方，也把她给看透了。”

“把人看透，好像成了你的癖性。”

“能不叫我看透才好呢。”

这时，文子从走廊上过来，靠门边坐下。

千花子耸起左肩，回过头来说：

“我说，文子小姐。咱们用用你妈的志野水罐，行吗？”

“哎，请用吧。”

文子回答。

菊治把刚刚放进壁橱里的志野水罐又拿出来。

千花子嗖地将扇子往腰带里一插，捧着水罐到茶室去了。

菊治也走到门边，问道：

“今早晨在电话里，听说你搬走了，我都一愣。房子这些事，都是你一个人办的？”

“当然。不过，是熟人买下的，所以也还不算麻烦。那位熟人暂住在大矶，听说房子很小，提出可以和我对换。可是，不管房子多小，我一个人也不能住在那儿呀。而且，要上班的话，还是租房子便当。这样，我暂时就搬到朋友家去了。”

“工作定了吗？”

“没有。真要找事做，也不那么容易。我又身无一技之长……”

文子转而含笑说：

“我本来打算，等事情定了，再来拜访。要不然我无家无业，漂泊无着，在这种情况下来看您，岂不可悲。”

菊治本来想说，在这种情况下更好，但是，文子那表情，原以为孤苦伶仃的，现在看上去倒也并不显得凄凉。

“这座房子，我也想卖掉，可是一直拖拖拉拉的。因为心里总惦着要脱手，结果落水管要修的也没修，席子也坏成这样，面子都没换一换。”

“您不是要在这房里结婚吗？等那时候再……”

文子开门见山地说。

菊治盯着文子的脸说：

“你是指栗本的话吗？你想想，我现在能结婚吗？”

“是为了我妈的事吗？她既然叫您这么伤心，她的事，我看就让它过去算了……”

四

茶道这一套，对千花子真是驾轻就熟了，所以，茶室很快就准备停当。

“跟水罐子这么配，你看好不好？”

千花子问菊治，菊治也不懂。

见菊治没回答，文子也就没做声。两个人都盯着志野水罐。

本来在太田夫人灵位前，权当花瓶用的，今天，又恢复其本色，做水罐来用了。

这曾经是太田夫人手上的东西，现在却任由千花子摆弄。太田夫人死后，传到女儿文子手里，再由文子转给菊治。

这水罐的际遇真是不可思议，也许所有茶具大抵如此。

早在太田夫人之前，这只水罐自制作出来以后，历三四百年，迭相传承，几易其主，这些主人的命运究竟如何呢？

“这只志野水罐，放到茶炉或茶釜这类铁器旁边，看着越发像个美人儿了。”

菊治对文子说：

“而且，它那遒劲的姿致，绝不亚于铁器。”

这件志野陶，白釉里透着润泽，闪出光华。

菊治在电话里，曾告诉文子说，看见这件志野水罐，便切望一睹芳容。但是，她母亲那白皙的肌肤里，难道也深蕴着女性的强毅吗？

因为天热，菊治把茶室的纸格子门拉了开来。

文子身后的窗外，枫树一片青翠。枫叶茂密，投下的影子，正落在文子的秀发上。

文子那略长的颈项，上部正照在从窗子射进来的亮光里；短袖衣衫，仿佛初次上身，手臂看着有点白里透青。人不显太胖，却肩膀丰腴，手臂滚圆。

千花子也在瞅着水罐。

“水罐要是不用在茶道上，就显不出灵气。仅仅插几枝西洋花，简直是糟蹋东西。”

“我妈那时也插花来着。”

文子说。

“你妈留下来的水罐，居然跑到这儿来，真跟做梦似的，叫人意想不到。不过，你妈在天之灵，也一定会挺高兴的。”

千花子话中带刺，想挖苦她几句。

可是，文子却若无其事地说：

“一来，这个水罐我妈当过花瓶用；二来，茶道我也不想学了。”

“你千万别这么说。”

千花子环视茶室，又说：

“能在这儿坐着，心里再踏实不过了。虽说我到处都跑遍了。”

接着，又看着菊治说：

“明年是你父亲五周年忌辰，等到忌日那天，办一次茶会吧。”

“行啊。把所有冒牌茶具全摆出来，再请些客人来，倒也痛快。”

“你这话从何说起。你父亲的茶具里，就没有一件假货。”

“是吗？不过，要是全都是假货，那个茶会准会有趣得多。”

菊治又对文子说：

“这间茶室里，我总觉得有股难闻的霉味，好像充满毒气似的，要是开个茶会，用清一色的冒牌茶具，说不定能冲冲这股毒气。就算是追荐先父，追荐过后，与茶道一刀两断。虽然我早就跟茶道绝了缘……”

“你言下之意，我这老婆子怪讨厌的，老来你们茶室待着，是不是？”

千花子急速地搅着茶刷。

“就算是吧。”

“不许你这么胡说。不过，要结新缘，旧缘断了倒也好。”

千花子示意茶已经得了，把茶放到菊治面前。

“文子小姐，听了菊治少爷的气话，你妈的这件遗物，似乎找错了归宿。我一看见这只志野罐，就觉得你妈的面孔，好像映在那上面似的。”

菊治喝完茶，放下碗，转而又看起水罐来。

也许是千花子的身影，正映在那黑漆的盖子上。

文子坐在一旁发怔。

菊治无从知道，文子究竟是尽量不去触犯千花子呢，抑或根本就没把她放在眼里？

文子的神色没有不高兴的表示，跟千花子并坐在茶室里，也真是怪事。

千花子提到菊治的亲事，文子也没有显出不快的样子。

千花子历来就恨文子母女，句句话都在羞辱文子，可是文子了无反应。

难道文子因为深自悲哀，便什么都淡然处之，全不计较了吗？

还是因为母亲去世的打击，使她超乎这一切之上了呢？

要不然便是乃母的禀性传给了她，一向俯仰随人，是个纯洁无邪的少女？

然而，菊治任千花子一味憎恶侮慢文子，尽量不显出有意袒护文子。

但当他发觉这情形后，心里不禁想道：倒是自己有点古怪呢。

而且，他看着千花子点好最后一杯茶，举杯自饮的样子，也觉得好不奇怪。

千花子从腰带里掏出表来，看了一眼说：

“这种小表，老眼昏花，看起来真吃力……把你父亲的怀表，送给我好吗？”

“他哪里来的怀表？”

菊治把她顶了回去。

“有的嘛。他常带在身上。上文子小姐家的时候，不是也带过吗？”

千花子故作吃惊地说。

文子垂下目光。

“是两点十分吗？两根针挨在一起，看着模模糊糊的。”

千花子又恢复她那勤快的劲道。

“稻村家的小姐给我招来一伙人，今儿个下午三点钟要学茶道。去她家之前，先到你这儿来弯一下，想讨个回话，心里好有个底儿。”

“那你就直截了当，向稻村家给我回掉吧。”

听菊治这么说，千花子便随口敷衍：

“好，好，咱就直截了当……”

笑着掩饰了过去。

“真想让那伙人，早一天到这间茶室来学茶道。”

“好办，就请稻村家把这座房子买下好了。反正我最近就打算卖掉。”

“文子小姐，咱们一道走吧？”

千花子没去理会菊治，冲着文子说。

“好的。”

“那我就赶紧把这儿收拾收拾。”

“我来帮您收拾。”

“你帮我？”

可是，千花子不等文子，径自朝水房匆忙走去。

传来哗哗的水声。

“文子小姐，我看算了吧，甭跟她一道回去。”

菊治放低声音说。

文子摇摇头：

“我怕她。”

“有什么好怕的。”

“我真怕她。”

“那么，你就跟她走一段，然后再甩开她。”

文子仍旧摇摇头，站起身来，把腿弯那里的皱褶拉拉平。

菊治险些从下面伸过手去。

他以为文子摇摇晃晃会倒下来，弄得文子满脸通红。

方才千花子提到怀表的事，把她羞得连眼角都红了，现在则是满脸飞红，如一朵盛开的红花。

文子抱起志野水罐朝水房走去。

“哟，敢情你倒只管把你妈的东西拿了来？”

从里面传来千花子沙哑的声音。

双重星

一

栗本千花子到菊治家来说，文子和稻村小姐都已经结婚了。

夏天傍晚八点半时分，天色还亮。菊治吃过晚饭，躺在廊子上，瞧着女佣买来的萤火虫笼子。萤火清白的光，不知什么工夫，已幻成橙黄色，这时，天也暗了下来。可是，菊治仍旧懒得起来点灯。

菊治向公司请了四五天假，到野尻湖——朋友的别墅那儿去避暑，今天刚回来。

朋友已经结婚，而且有了孩子。菊治对婴儿毫无经验，生下来有多久，究竟长得大还是小，一点也看不出，不知该说些什么才好，只得说上一句：

“这孩子发育得很不错嘛。”

“哪儿呀，生下来才小得可怜呐。最近总算长了点个儿。”

朋友的妻子回答说。

菊治在婴儿眼前晃晃手说：

“还不会眨眼睛呢。”

“东西倒能看见，眨眼睛还得过些日子。”

菊治以为婴儿有好几个月大了，其实才刚一百天。难怪那年轻的妻子，头发稀疏，脸色青黄，显然还带着产后的憔悴。

朋友夫妇的生活，一切以婴儿为中心，只管看顾婴儿，菊治觉得自己实在多余。但是，当他乘上回家的火车，朋友妻子那瘦弱的身影，始终萦绕在他脑际，久久不能离去。她看来很老实，面容憔悴，毫无生气，只是呆呆地抱着婴儿。朋友本来和父母兄弟住在一起，这头一个孩子生后不久，便暂时住到湖畔的别墅里。朋友的妻子恐怕过惯了这种小两口生活，过分地闲适泰然，竟至有些发呆。

菊治回到家里，躺在廊子上，仍在寻思朋友妻子那副模样，而这种怀念之情，圣洁之中带点悲凉的意味。

正在这时，千花子来了。

她冒冒失失地走进屋子说：

“哎哟！怎么摸黑躺在这儿呀？”

于是便坐在菊治脚横头的廊子上。

“单身汉真怪可怜的。躺在这儿，连个灯都没人给点。”

菊治蜷起腿来，待了一会儿，又不大高兴地坐了起来。

“甭见外，只管躺着好了。”

千花子右手做了个手势，让菊治躺下去。然后，又郑重其事地寒暄了一通。说她去了趟京都，回来时还顺便在箱根停了停。在京都她师傅家，遇到茶具店的大泉老板。

“我们好久没见面了，便跟他聊起你父亲的事，真说了个痛快。他说要告诉我你父亲外出幽会的那家旅馆，便把我带去看木屋町的一家小旅馆。那里，你父亲大概同太田太太去的吧。大泉老板还叫我住在那儿。

这人真没脑子。一想到你父亲跟太田太太两个全作了古，不论我胆多大，睡到半夜里，没准也会害怕起来，你说是不是？”

菊治没有做声，心里想，你千花子说这些，才真的没脑子呢。

“你也到野尻湖去了一趟吧？”

千花子是明知故问。一进门，就问过女佣，而且，不经通报，便闯了进来，她历来就是这种作风。

“我刚回来。”

菊治回答的口气，显得老大不高兴。

“我回来了三四天了。”

说着，千花子又煞有介事，耸起左肩说：

“可是，回来一看，出了件事，真叫人遗憾。开头我大吃一惊。都怪我太大意，简直没脸来见你。”

据千花子说，稻村家的小姐已经结婚了。

菊治也吃了一惊，幸好廊子上很暗，看不清表情。他曼声应了一句：

“是吗？几时？”

“你倒满不在乎，像没事人似的。”

千花子挖苦说。

“本来嘛，雪子小姐的事，我不是向你回绝过几次了吗？”

“那也是口头上说说罢咧。恐怕是对我，才摆出这副面孔来。什么一开头就不情愿啦，偏是我这多嘴多舌的老婆子，好管闲事，纠缠不休，招人讨厌。你心里却在想，这小姐倒挺不错的，是不是？”

“你胡说些什么！”

菊治忍不住笑了出来。

“那小姐你挺中意的吧？”

“小姐人倒的确不错。”

“你的心思，我早就看透了。”

“说小姐好，不一定就想到结婚呀。”

然而，听说稻村小姐已然结了婚，菊治心里立时一阵翻腾，渴想忆起小姐的面影来。

菊治只见过雪子两面。

在圆觉寺的茶会上，千花子为了让菊治端详雪子，特意叫她点茶。雪子点茶，手法朴素，流品高雅，新叶的影子映在纸格子门上，她穿一身长袖和服，肩膀和衣袖，甚至连头发，辉映之下，都显得光亮起来，这印象都还珍藏在菊治心底。可是，雪子的容貌，菊治却怎么都记不起来。当时她用的小红茶巾，以及去寺庙后院茶室的路上，手上拿着的那只桃红绉绸上印着千只白鹤的包袱等等，此刻又全都鲜明地兜上他的意识。

后来一次，雪子到菊治家的那天，是千花子点的茶。直到第二天，菊治还觉得茶室里小姐的余香依然。她身上那条绘有石菖蒲花的腰带，历历如在目前，只是小姐的身姿，却难以把握。

就说故世才三四年的父母，菊治连他们的面貌也都记不大清。一看到照片，才若有所悟，连连点头。也许越是亲越是爱的人，就越是记不住；而越是丑类恶物，越是牢记不忘。

雪子的眼神和面颊，光艳照人，在菊治的记忆里却是抽象的。可是，千花子长在乳房和心窝间的那块痣，却像癞蛤蟆一样，记忆之中十分真切。

此刻廊子上虽则很暗，菊治也知道，千花子大概穿的是那件白麻绉的和服长衬衣，她胸口上的那块痣，即便在亮处，也不会透过衣服看出的，但是，在菊治脑海中，却看得很分明。唯其因为暗得看不见，倒反能看得见似的。

“既然觉得小姐好，就不该错过机会呀。要知道稻村雪子，这世上就只这么一个。你哪怕找上一辈子，也甭想再找到第二个。这么简单的道理，还不明白？”

于是，千花子数落起菊治来：

“你经事不多，眼界倒挺高。这一来可好，把你和雪子小姐两人的命运，全给改变了。人家小姐本来对你挺有意思，现在嫁给别人，万一不幸，可不能说你没责任。”

菊治没有吭声。

“小姐的模样，你总归仔细看过了吧？难道你就忍心，让她以后悔不当初早几年没嫁给你，心里老想念你吗？”

千花子的语调，有点刻毒。

倘若雪子已经结婚，千花子何苦跑来说这些废话呢？

“这是萤火虫笼子吗？现在还有这个？”

千花子伸过头去说：

“转眼又到挂秋虫笼子的季节了。这早晚还有萤火虫？看着像鬼火似的。”

“大概是女佣买来的。”

“女佣那就难怪了。你要是学学茶道，就不会这样啦。在日本，做什么事，都要讲个季节。”

经千花子这么一说，萤火虫看着倒真像鬼火似的。菊治想起野尻湖畔，秋虫唧唧。这些萤火虫能活到今天，真是不可思议。

“要是有了太太，你准不会这么冷冷清清，什么事都脱了班过了时。”

说着，千花子忽作恳切状，低声说：

“我给你介绍稻村小姐，也是替你父亲出力呀。”

“出力？”

“是啊。你只顾躺在这暗处，瞧着萤火虫出神，这不，连太田家的文子小姐也出嫁了。”

“几时？”

菊治心里老大吃惊，比方才听到雪子结婚还要意外，就像给人绊了一跤似的，甚至都来不及掩饰他的惊愕。千花子或许也看出了菊治这种狐疑的神情。

“我也是，从京都回来一看，简直都愣住了。两个人就像约好了一样，一下子全出嫁了，年轻人做事，就这么轻率。”

千花子又往下说：

“我还以为，既然文子小姐嫁了人，就没人再来作梗了，不料稻村小姐这时也出阁了。稻村家那方面，弄得我也丢尽了脸，全怪你优柔寡断。”

然而，文子结婚的事，菊治仍旧不大相信。

“太田太太一直到死，都在跟你捣乱，现在，文子这一结婚，她的妖气在这个家里就该散掉了吧！”

千花子把目光转向院子。

“这样倒也痛快，一了百了。你该把院里的树木修整修整了。即使这么暗，不看也知道，树叶长得太密太乱，阴乎乎的闷死人了。”

父亲死了四年，菊治从没叫花匠来修剪过。的确，院里的树木恣意疯长，白天的余热，这时散发出来，光凭感觉也能知道。

“女佣恐怕连水也不浇吧？这些事，你可以吩咐她做嘛。”

“甭来多管闲事。”

千花子的话，句句都会教菊治皱眉头，可是，他仍旧任其说东道西。每次见到千花子，都是这么个形景。

虽说千花子的话令人生厌，她却是想讨好菊治的，同时也想试探试探他的意向。她这套伎俩，菊治早就习以为常了。有时，他嘴上反唇相讥，暗中也不无提防。千花子自然也心里透亮，可大抵装聋作哑，偶尔露点颜色，借以表示心中有数。

她的话虽然讨厌，可很少有菊治未曾想过的。而且专爱挑使菊治厌恶自己、内心嘀咕的一些事，来触他霉头。

今晚，千花子跑来告诉他，雪子和文子都出嫁了，大概就想窥探一下菊治的反应。她究竟是什么用意呢？菊治不敢掉以轻心。千花子本来想把雪子介绍给菊治，使他以此疏远文子，现在两位小姐既已另结良缘，剩下菊治作何感想，也不关她的事，可她还总是盯住菊治，想摸清底细。

菊治很想起来去开客厅和廊子上的电灯。这样摸黑跟千花子说话，想想怪不合适的。论交情，他们也没亲密到这种程度。她虽然连整理院里树木这种事也插嘴要管，这是她的脾气，菊治根本没当回事；可是，仅仅为了开一下灯，他又有点懒得起来。

千花子刚才一进屋只管嚷嚷叫黑，却也不想动弹。按她的脾气，对这类事一向很勤快，这也是职业使然。但是眼下，她似乎挺不愿替菊治出什么力。也许是因为年纪不饶人，要不就是当了茶道师傅，爱摆点架子的缘故。

“京都大泉老板托我带个口信。他说，万一你这儿有茶具要出手，希望能授权给他来处理。”

接着，千花子沉稳地说：“稻村小姐这桩事也给逃掉了，你该振作一下，改弦易辙，换一种新生活。说不定这些茶具便没什么用了。虽然打你父亲那时起，就用不着我了，我也挺寒心的，可是，你们家的茶室，倒是只有我来了，才打开门窗通通风，是不是？”

啊哈，原来如此！菊治这才回过味来。

千花子的目的十分露骨。她大概见菊治和雪子结不成婚，便死了心，于是，就跟茶具店的老板勾结起来，想挖走菊治家的茶具。准是在京都和大泉老板合计好了来的。

菊治与其说是生气，倒不如说松快了起来。

“我正打算连房子都卖掉呢，到时候或许要借重他。”

“毕竟是你父辈的熟人靠得住，不管什么事，你尽可以放心。”

千花子又加上一句。

菊治心里想，家里的茶具，千花子可能比自己还清楚。说不定她早就盘算过了。

菊治朝茶室那边望过去。茶室前那棵大夹竹桃，开满白花，远看只是朦胧一片白。夜色深沉，天树之分，已难于辨别了。

二

临下班，菊治刚要走出办公室，又被电话叫了回去。

“我是文子。”

电话里声音很小。

“喂，我是三谷……”

“我是文子。”

“嗯，知道。”

“真对不起，打电话麻烦您，可是，这件事要不打电话向您道歉就晚了。”

“哦？”

“昨天我给您寄了一封信，好像忘记贴邮票了。”

“是吗？我还没收到——”

“我在邮局买了十张邮票，信发出后，回家一看，整整还是十张。真是糊涂。我一直寻思，怎么才能在信到之前，向您表示歉意……”

“这点小事，不必介意……”

菊治一面答话，一面在想，这封信难道是通知她结婚的事吗？

“是报喜的信吗？”

“您说什么？一向都是打电话的，给您写信，这还是头一回，当时挺犹豫，要不要寄出去，结果把邮票给忘了贴了。”

“你现在在哪儿？”

“是公用电话，在东京站……外面还有人在等着打电话呢。”

“是公用电话？”

菊治不懂她为什么要打公用电话，却还是说了一句：

“恭喜你啦。”

“什么呀……那是托您的福，好不容易……可是，您怎么知道的？”

“是栗本告诉我的。”

“栗本师傅？她怎么知道的？真是神通广大，这个人！”

“反正你也不会再见到她了。上一次，电话里还听到下阵雨的声音，是不？”

“嗯，您那么说过。那次也是，我搬到朋友家住，不知要不要通知您，一直拿不定主意。这次又是这样。”

“还是告诉我的好。我也是听栗本说了，正犹疑该不该给你道喜。”

“要真是从此各自东西的话，就太说不过去了。”

她的声音低到欲无，很像她母亲。

菊治顿时语塞。

“也许我该销声匿迹……”

隔了一会又说：

“那间房间有六张席大小，也不算太干净，是跟工作同时找到的。”

“唔？”

“大热天出来上班，够我累的。”

“可不是，再说又刚结了婚。”

“什么？结婚？您说的是结婚？”

“恭喜，恭喜。”

“怎么？我结婚……？真讨厌！”

“你结婚了吧？”

“您说的什么呀？我结婚……？”

“你不是结婚了吗？”

“哪儿呀。我现在还有心思结婚吗？我妈刚那样去世没多久……”

“唔。”

“是栗本师傅说的吗？”

“是呀。”

“那是为什么呢？真不懂。您听了之后，就信以为真了？”

文子好像在对自己说话似的。

菊治忽然声音清朗地说：

“电话里说不清，见一下面好不？”

“好吧。”

“我到东京站来，你就在那儿等我吧。”

“可是……”

“要不，就在别处碰头也好。”

“我不愿在外面跟人约会，还是我去府上吧。”

“那么，我们一起回去吧。”

“一起回去，不又等于约会了吗？”

“要不要先上我公司来？”

“不。我一个人直接去。”

“好吧。我也马上回去。要是你先到，就请进屋坐吧。”

文子从东京站乘电车，可能会比菊治早到。但是，菊治总觉得能和她乘在一辆车上，所以在车站上一边走，一边在人群里寻她。

结果还是文子先到家。

听女佣说，文子在院子里，菊治便从大门旁边走进院子。文子正坐在白夹竹桃树荫下的一块石头上。

打千花子来过之后，四五天来，女佣天天趁菊治回家之前把花木浇好。院子里的那个旧水龙头还能用。

文子坐着的那块石头，底部看上去还湿乎乎的。倘若那株盛开的夹竹桃，绿叶茂密，衬着红花，就会像是炎夏的花木，可是，开的是白花，便显得十分凉爽。朵朵鲜花轻轻款摆，笼罩着文子的身影。恰巧她穿的是一件白布上衣，翻领和袋口都用蓝布滚上一道细边。

夕阳从文子身后的夹竹桃，一直照到菊治的面前。

“你来了。”

菊治亲切地走上前去。

文子在菊治说话之前，张口似要说什么，结果只说了句：

“方才电话里……”

说着，两肩一缩，转身站了起来。她大概以为要不这样，菊治就会走过来，说不定会来拉她的手。

“因为您电话里那么说，我才来的。来打消……”

“结婚的事吗？我听了都大吃一惊。”

“嫁给谁呢……？”

说罢，文子垂下目光。

“这倒没听说。反正，听说你结婚，和听你说没结婚，两次都叫我很吃惊。”

“两次？”

“那可不是！”

菊治顺着石步，向屋子走去，说道：

“从这里上来吧。你方才可以进房等我嘛。”

说着，便在廊子上坐了下来。

“前几天我旅行刚回来，正躺在这里休息，栗本跑了来。是个晚上。”

这时，女佣在屋里招呼菊治。大概是他离开公司前，打电话叫的晚饭送来了。菊治起身走进去，顺便换了一件白色细麻纱衣服出来。

文子似乎也重新匀了一下脸。等菊治坐下，便问道：

“栗本师傅她怎么说？”

“她只告诉我，听说文子小姐也结婚了……”

“您就当真了吗？”

“我没想到她会撒这个谎……”

“一点都不疑心？”

文子那双漆黑的眸子，转眼之间湿润起来。

“我现在能结婚吗？您想想看，我能那么做吗？妈和我吃了那么多苦，伤透了心，到现在还余痛在心……”

在菊治听来，仿佛她母亲还没有离开人世似的。

“妈和我生性轻信，相信人家总会了解我们的。难道这是梦想不成？这种事，只有自己知道……”

文子止不住掩泣起来。

菊治沉默有顷，说：

“你以为我现在能结婚吗？上次我对你说过，就是下阵雨那天……”

“打雷那天吗？”

“是的。今天倒反过来由你说了。”

“不对，那是……”

“你不也常常说我，快结婚了吧？”

“哪儿呀，您跟我可完全不同。”

文子眼泪汪汪，瞧着菊治说。

“您跟我不一样。”

“怎么不一样？”

“身份也不同……”

“身份？”

“是啊，身份不同，如果身份这词儿不恰当，那么，能不能说，是身世不光彩？”

“就说是罪孽深重吧……那恐怕是我吧？”

“不！”

文子使劲摇了摇头,泪水夺眶而出。有一滴眼泪竟顺左眼角流到耳边。

“要说罪孽，早叫我妈背着带进坟墓去了。不过，我倒不认为是罪孽。那只是我妈的悲哀。”

菊治低头不语。

“罪孽也许不会消失，悲哀是会过去的。”

“然而，如果说成是你身世不光彩，岂不是令堂的死，也显得不那么光明磊落了吗？”

“那么，还是说成悲哀之深切的好。”

“悲哀之深切……”

菊治想说，也是因为爱得深切，——但没有说出口来。

“除了这些，你又在和雪子小姐议婚，这也跟我不一样呀。”

文子似乎把话题拉了回来，接着说道：

“栗本师傅一直认为，是我妈碍了你们的事。她说我结婚了，也是因为把我也看成是绊脚石。我看只能这么认为。”

“可是她说，稻村小姐也结婚了。”

文子顿时神情沮丧，却又说：

“骗人……她骗人！她一定又在骗人！”

接着又用力摇了摇头问道：

“那是几时的事？”

“稻村小姐结婚吗？大概是最近的事吧？”

“她一定又在说谎。”

“她告诉我，你们两个全结婚了，我更相信你或许真的结婚了。”

菊治低声说着：

“不过，雪子小姐倒真有可能结婚……”

“她胡说！哪有大热天结婚的。单穿薄薄一层衣裳，还汗流浃背呐。”

“这倒是。不过，难道夏天就没人举行婚礼吗？”

“嗯，差不多……当然，也不是绝对没有，一般婚礼总拖到秋天，或是别的时候……”

不知因缘何事，文子眼里又重新涌出泪水，滴落到腿上，她凝眸望着泪痕。

“可是，栗本师傅说这种谎，究竟为什么呢？”

“还真叫她骗着了。”

菊治也说。

然而，这件事为什么偏偏会勾出文子的眼泪呢？

至少，说文子结婚，现在已经证实是谎话。

至于雪子，也许当真结婚了，而千花子为了让菊治疏远文子，便连带说文子也结婚了。这种怀疑又兜上菊治的心头。

他心里总不大信服。甚至觉得，雪子结婚似乎也是子虚乌有的事。

“总之，雪子小姐结婚的事，究竟是真是假还没弄清之前，无法知道栗本是不是在恶作剧。”

“恶作剧？”

“就当她是恶作剧好了。”

“可是，今儿个我要不打电话，还不叫人以为结婚了吗？这个恶作剧，可太过分了点儿。”

女佣又来叫菊治。

不大会儿，菊治拿了一封信，从里面走出来。

“你那封信到了。没贴邮票……”

说着，便神情轻松地想要拆信。

“别拆了。不必再看了……”

“为什么？”

“不愿叫你看嘛，还给我吧。”

说着，文子跪着蹭过去，想从菊治手里抢过信来。

“还给我嘛！”

菊治倏地把手藏在背后。

正在这工夫，文子的左手一下按在菊治的腿上，右手伸着想去夺信。两手动作一乱，身体几乎失去平衡。看来快要倒在菊治身上，她用左手向后一撑，右手仍伸前去够菊治身后的信。这时，她身子往右歪了一歪，险些倒向前去，一边脸快碰到菊治的腹部。可她竟一机灵，躲闪开了。连她按在菊治腿上的左手，也只是轻轻地碰一下而已。这样一双柔软的手，怎能撑得住那向右歪，又往前倒的上半身呢？

菊治看到文子危岌岌要斜着倒下来的样子，顿时浑身紧张。却没料到她体态那么轻盈，差点儿失声叫了出来。他感到她是十足的女人，也不由得感觉出她的母亲——太田夫人。

文子是在什么工夫闪开的身子？又是在哪一瞬间露出娇柔无力的样子的呢？那简直是不胜温柔。似乎是女性本能的一种奥秘。菊治还以为文子会重重撞过来，谁知她只是挨近前来，好似一阵温馨的香气扑面而过。

那香气好芳洌啊。夏日里，从早到晚出门工作的妇女，身上的气味总是很浓的，菊治嗅到文子的气味，好像也嗅到了太田夫人的气味。仿佛就是与太田夫人拥抱时的气味。

“哎呀，你还我吧！”

菊治顺从地给了她。

“撕掉算了。”

文子转向一旁，把自己的信撕得粉碎。脖子和露出的手臂都汗津津的。

刚才文子怕倒下去，身子一闪，脸色发青，等她坐正以后，才慌得满面飞红，大概就在那时出的汗。

三

附近馆子叫来的晚饭，都是千篇一律，毫无味道。

菊治面前，摆着那只志野陶的直筒茶碗，是女佣照平时习惯拿出来放在那里的。

菊治才刚发现，而文子一眼就看见了。

“哟，那只茶盅您都用上了？”

“嗯。”

“真糟糕。”

文子的声音，似乎还不像菊治那样难为情。

“送您这件东西，真有点后悔。这事，我那封信上还提了一笔呐。”

“说些什么？”

“也没什么，不过是表示一下歉意，送了这么一件微不足道的东西……”

“这可不是什么微不足道的东西。”

“并不是什么太好的志野陶，连我妈平时也一直当茶杯用。”

“这我不懂，不过，这件志野陶不是蛮好的吗？”

说着，菊治把直筒碗拿在手里打量。

“可是，比这更好的志野陶，多得很呐。您用这只茶盅，就会想起别的茶碗来，会觉得别的志野陶更好……”

“我们家的志野瓷里，好像没有这种小茶盅。”

“府上没有，别处能看到呀。所以，您用这只茶盅，要是想起别的碗来，觉得那种志野陶更好，妈和我都会伤心的。”

菊治喉咙里哼了一声，咽了口气，可嘴上却说：

“我跟茶道的缘分，差不多是断了，不会再看见什么茶碗了。”

“可是，难保您会在什么场合碰到呢？再说，好些的志野陶，以前也总该见到过呀！”

“照你这么说，送人只能送最好的东西喽？”

“本来嘛。”

说完，文子索性仰起脸来，眼睛盯住菊治说：

“我是这么认为。在信上我还请您把它摔碎扔掉了事。”

“摔碎？把这只碗？”

文子逼视菊治，菊治只好支支吾吾地说：

“这件是志野古窑烧的。大概有三四百年历史了。当初也许是酒席上的用具，既不是饭碗也不是茶杯。后来当小茶盅用，恐怕也年深月久了。所以，古人才这么珍重，传了下来。说不定还有人出门时，放在茶箱里，带到远处去过。这么一件东西，你怎么能由着性子，便摔了呢！”

而且，据说碗口上还染有文子母亲的口红。

听文子说，她母亲告诉过她，口红沾在碗口边，擦也擦不掉。菊治拿到这只志野碗后也发现，碗口上有一处显得略脏，洗刷不去。当然，那颜色并不像口红，是浅茶色的，隐约带点红，要说是口红褪了色，也未尝不可。但也可能是志野陶本身就隐隐发红。再说，当茶碗使，嘴唇挨到的，常是老地方，所以，说不定文子母亲前面的物主，嘴印还留在上面。不过，太田夫人平时一直当茶杯使，恐怕还是她用得最多。

菊治寻思过，当茶杯使，难道只是太田夫人自己的想法吗？会不会是他父亲出的主意，让夫人这么用用看呢？

他还疑心，了入的那对黑红圆筒形茶碗，太田夫人似乎就用来代替茶杯，当成跟菊治父亲共用的夫妻碗。

让她把志野陶水罐当作花瓶，用来插玫瑰和石竹，拿志野陶的筒碗当作茶杯，等等，从这些情节看来，父亲恐怕把太田夫人看作是美的化身了吧？

他们两人去世以后，水罐和圆筒碗，都转到菊治手里，现在文子也来了。

“这倒不是我逞着性儿，真的，您摔掉吧。”

文子说。

“送您水罐时，看您欣然收下，便想起另外还有一件志野陶，就顺便送给您当茶杯用，可是，事后又觉得怪不好意思的。”

“这件志野陶，恐怕不该当茶杯用，否则太可惜了……”

“但是，好东西还多得很呐。要是您用了这个，又惦着别的，那我会难过的。”

“你的意思是，只有最好的东西，才能送人，是吗？”

“那也要分谁，看什么场合。”

菊治心里极为感动。

难道文子的想法，是在太田夫人的遗物中，凡是能使菊治忆及夫人和文子，或者使他能更亲切地感知她们的东西，都堪成为珍品吗？

文子深自期许，只有那无上的精品，才够资格做她母亲的纪念品；她这意思，菊治想必也能领会。

那除了表明文子最高贵的感情，还能是什么呢？眼前这个水罐，便是明证。

志野陶那温馨冷艳的表面，使菊治联想到太田夫人的肌肤。可，那上面却毫无罪孽的阴影和丑恶。难道因为水罐是珍品的缘故？

望着这高贵的遗物，菊治深感，太田夫人在脂粉队里是最高贵的妇女。而那无上的精品是没有一点瑕疵的。

下骤雨那天，菊治打电话给文子说，看到那水罐，便很想见她。因为是在电话里，他才敢这么说。因为听他这么讲，文子才说还有一件志野陶，于是便把这只圆筒碗给他送到家里来。

不错，这只圆筒碗大概不如水罐那么名贵。

“家父好像有一只出门用的茶具箱……”

菊治想了起来，说道：

“那里面的东西，准比这件志野陶要差。”

“是什么样的碗？”

“那我倒没看见过。”

“能叫我看看吗？一定是令尊的那个好。”

文子说。

“要是比令尊的那个差，这件志野陶就可以摔碎了吧？”

“很难说。”

饭后吃西瓜时，文子一面灵巧地剔瓜子，一面催促菊治，要看那只茶碗。

菊治吩咐女佣去打开茶室，然后走到院子里，打算去找茶具箱，可是文子也跟了来。

“究竟放在哪儿，我还不知道。栗本倒比我清楚……”

菊治转过头来说。那株夹竹桃白花吐艳，文子正站在盛开的花荫之下，只看到树根那里，露出她那双穿了袜子、套着木屐的脚。

茶具箱放在水房里的横搁板上。

菊治搬进茶室，放在文子面前。文子以为菊治会替她打开包，便端端正正坐等在那里，过了一会儿才伸出手去。

“那么我就打开了。”

“积了这么多灰尘。”

文子刚解开外面的包装，菊治便站起来，拎到廊子上，把灰尘掸到院子里。

“水房的架子上，有只死知了，都长了蛆了。”

“这间茶室倒挺干净。”

“是吗？前几天，栗本刚来打扫过。她那天来，就是为了告诉我，你和稻村小姐都结婚了。因为是晚上，可能连知了也给关进了屋里。”

文子从箱子里取出一个茶碗包，弯着腰，解碗袋上的带子，手指还微微发颤。

菊治从侧面看过去，她那浑圆的肩膀，向前耸着，颈项修长，尤其显眼。

微微翘起的下唇，抿得紧紧的，连同毫无装饰的耳垂，显得楚楚可怜。

“这是唐津陶[1]呀。”

文子仰起脸来，望着菊治说。

菊治也坐到了跟前。

文子把碗置于席上，说：

“这碗可真好。”

这是一只直筒形的唐津陶小茶盅，也可以当普通茶碗用。

“又敦实，又气派。比那件志野陶好多了。”

“拿志野陶和唐津陶相比，恐怕不合适吧？”

“可是，摆在一起，一看就知道的呀。”

菊治也给唐津陶的魅力吸引住了，便放在腿上打量着。

“那就把那件志野陶拿来比比看？”

“我去拿。”

说着，文子便站起来，走了出去。

她把志野陶和唐津陶两只碗并排摆好，两人不由得对看了一眼。

随后，视线又同时转向茶碗。

1　唐津是古代往来中国的港口。唐津陶，由安土陶山时代后期到日本的朝鲜匠人烧制而成，技艺源自中国。多为茶器、日用器皿，泥料粗糙，多呈灰色，纹样朴素。

菊治慌忙说：

“这里，一只是男茶碗，一只是女茶碗嘛。这么并排一看……”

文子似乎说不出话来，只点了点头。

菊治也觉得，自己的话有点离奇。

唐津陶上没有花纹，完全是素色的，黄里透绿，还带点绛紫。型制刚健有力。

“出远门也带着，可见令尊喜爱的程度；这只碗简直好比是令尊本人呢。”

文子说了句危险的话，可是自己并没有意识到。

然而，对那只志野陶，菊治却不能说好比是文子的母亲。因为，摆在那里的两只碗，就如同菊治父亲和文子母亲的两颗心。

三四百年前的茶碗，形态朴质纯正，不会引起人作病态的遐想。但却充满生命力，甚至还带点官能的刺激。

把自己的父亲和文子的母亲看成两只茶碗，在菊治的意念中，摆在面前的两只茶碗，仿佛就是两颗优美的灵魂。

茶碗本身是现实的，而现实中自己与文子围着茶碗，相对而坐，使人觉得也是纯洁无瑕的。

太田夫人头七后的第二天，菊治曾对文子说过，两个人这样相对而坐，说不定有点过分，但是，纯洁无瑕的碗面，难道能打消对罪恶的恐惧吗？

“真美呀。”

菊治一人在自言自语。

“我父亲并非雅人，却爱摆弄茶碗之类东西，或许就是为了麻痹他那罪恶意识吧？”

“看您说的。”

“不过，看着这只碗，却不会想到原来物主的坏处。人寿几何，先父的寿命竟只有这件传世茶碗的几分之一……”

“死亡就在我们脚下。真可怕！虽然我们脚下就是死神，却又不能总是这样，叫我妈的亡魂把自己给缠住，我也曾想法要解脱来着。”

“可不是嘛，要是叫死人给缠住了，自己就会觉得好像也不是这世上的人似的。”

菊治接口说。

这时，女佣把铁壶之类拿了进来。

她大概以为，菊治他们在茶室待了这么久，准是要用开水点茶了。

菊治劝文子就用眼前这对唐津碗和志野碗，照旅行方式点一下茶。

文子柔顺地点点头说：

“为了惜别，在摔碎我妈这件志野陶之前，就当作茶碗用一次吧。”

于是，从茶具箱里拿出茶刷，到水房那里去洗干净。

夏日尚未向晚。

“权当是旅行好了……”

文子在小茶盅里，一面搅小茶刷，一面说。

“旅行的话，是住在什么旅馆里吗？”

“不一定非住旅馆嘛，或者在河畔，或者在山巅。咱们好比用山谷里的溪水点茶，对了，方才要是用冷水，也许更好……”

文子从茶盅里拿出茶刷，抬起漆黑的眸子，瞟了菊治一眼，这时手上正在转动那只唐津碗，目光立即收了回来，看着手上。

接着，把茶碗挪过去，眼波也移到菊治的膝盖前。

菊治觉得，文子人仿佛也跟着流了过来。

这回文子把母亲的志野碗放在自己面前，茶刷子碰在碗边上窸窸作响，于是便住手说：

“真难弄。”

“碗太小，不好搅吧？”

菊治虽这么宽慰她，文子的手依旧在哆嗦。

手一停，茶刷便在小茶盅里搅不开了。

文子凝视着自己发紧的手腕，垂下头一动也不动。

“我妈不让我点茶呢。”

“噢？”

菊治霍地站了起来，好似扶起一个被咒语定住的人似的，抓住文子的肩膀。

文子没有撑拒。

四

菊治不能入睡，等到挡雨板的缝隙里，露出一线曙光时，便向茶室走去。

院子里洗手的石钵前，地上还留着志野陶的碎片。

拿四块大的碎片在手上对起来，刚好成茶碗形，只是碗边上有个缺口，有拇指那么大小。

他想，残片可能还在，便在石头当中找起来。可是，立即便停住了。

抬眼望去，东边的树林中间，有一颗很大的星星在熠熠发光。

启明的晨星，菊治已有几年没看到了。一面思忖，一面站起来，看到一片浮云正遮住天空。

星光从云中灿然四射，那颗星显得格外大。晨星的边缘，好似水汽淋淋的。

晨星如此清新明丽，自己却在捡茶碗的碎片，往一起对拢，菊治不由得自怜自叹起来。

于是，把手中的碎片又随手丢在那里。

昨天晚上，菊治来不及拦阻，文子便把茶碗朝石钵上摔去，顿时碎成几片。

菊治当时没有留意，文子悄悄走出茶室时，手上拿着茶碗。

“啊！”

菊治失声叫了起来。

茶碗的碎片散在黑糊糊的石缝中，菊治顾不得去捡，径自跑去扶住文子的肩膀。因为文子蹲在那里，把碗摔碎后，身子便向石钵倒了过去。

“会有更好的志野陶的！”

文子喃喃地说。

难道菊治拿更好的志野陶做比较，伤了她的心吗？

后来，菊治辗转难眠的时候，愈来愈觉得文子这句话，充满清幽哀怨的韵味。

等到院子里现出曙色，他便出去看那摔碎的茶碗。

可是，因为看见了星星，便把刚拾起的碎片又扔掉了。

于是，他又抬眼望去。

“啊！”

菊治叫了出来。

星星不见了。他瞅了瞅扔掉的碎片，就在这一瞬间，启明星躲到云彩里去了。

菊治怅然若失，向东边天际，凝望了半天。

云层看着并不太厚，却找不到星星的踪影。天边被云彩遮断，挨着市街的屋顶上，淡淡的一道红，愈来愈深了起来。

“扔在这儿也不行。”

菊治一个人自言自语，把志野陶的破碗片又捡了起来，揣进睡衣的怀里。

要是这样扔掉不管，未免令人心疼。而且，也怕栗本千花子来了兴师问罪。

文子大概经过深思熟虑，才下决心摔的，所以，这些碎片，菊治也不打算保留，准备埋在石钵旁边。临了，他又把碎片包在纸里，放进壁橱，然后，钻进被窝里又躺了下来。

文子究竟怕菊治拿什么东西同这件志野陶比较呢?

她这份担心是怎么来的呢？菊治有些纳闷。

何况，昨夜今晨，他压根儿就没想过，要将什么人同文子比较。

对菊治说来，文子已是无可比拟、至高无上的存在，是他命运的主宰。

以前，菊治无时无刻不记着，文子是太田夫人的女儿。而现在，他似乎忘了这些。

母亲的身体妙不可言地转生在女儿身上，菊治曾神魂颠倒做过不少梦，如今反倒消失得无影无踪了。

很久以来，菊治一直给罩在一道又黑暗又丑恶的帷幕里，现在他终于钻了出来。

难道是文子那纯洁的苦痛，超度了菊治？

文子没有撑拒，只是纯洁本身在抵抗。

这正可以看作，文子沉入咒语和麻痹的深渊之中，而菊治正相反，反倒从咒语和麻痹中解脱了出来。正好比一个中毒的人，最后服了极量的毒药，反而出奇制胜，以毒攻毒。

菊治一上班，就给文子挂了个电话。听说她在神田那里的一家呢绒批发店做事。

文子还没来上班。菊治因睡不着觉，老早就出门了，文子难道一大早还在睡懒觉不成？菊治想，她或许是害羞，今天就待在家里不出来了？

下午又打了一个电话，文子仍然没有上班。菊治便向她店里的人打听她的住址。

她昨天的信里，该是写有搬家后的新住址。可是文子连信封一起撕掉，塞进衣袋里了。吃晚饭的时候，谈到她的工作，菊治这才记住呢绒批发店的店名。可是却忘记问她的住址了。因为文子的住处似乎已经移到菊治的心里了。

菊治下班后，找到文子租赁的那间房子，在上野公园的后面。

然而，文子不在家。

一个十二三岁的女孩，好像刚放学回家，穿着水兵服，走出门来，又进屋问了一下，才出来说：

“太田小姐今早说，要跟朋友出去旅行，不在家。”

“去旅行？”

菊治反问了一句。

“已经出门旅行去了？今天早晨几点走的？她说到什么地方去？”

女孩子又折回屋里，这回离得远一些，回答说：

“不大清楚。因为我妈不在家……”

回话时，一副害怕菊治的样子。这是个眉毛很稀的女孩子。

菊治走出大门，回头看了一眼，却猜不出哪间是文子的房间。这是栋不大的二层楼，还有一方很小的院子。

“死神就在我们脚下”，想起文子这句话，菊治的腿都软了。

他掏出手帕来擦脸。每擦一把，就好像擦去一层血色，可他还是使劲地擦。手帕擦得又脏又湿。背上陡然出了一身冷汗。

“她不会去死的。”

菊治对自己说。

文子给了菊治重新生活的勇气，当不至于自蹈死地。

然而文子昨天的一切，不正表示她一心想死吗？

或者说，她怕自己跟母亲一样，是个罪孽深重的女人？

“就让栗本一个人活在世上好了……”

菊治仿佛对着假想的敌人，出了一口恶气似的狠狠说道，然后朝公园的林荫深处急步走去。

（一九四九 —— 一九五一年）

碧波千鸟

なみちどり

碧波千鸟

一

来热海站接他们的汽车已经开过伊豆山。不大会儿工夫，像画了一个圆圈儿，朝海边驶去，然后开进旅馆的庭院。大门上的灯光愈来愈近，朝敞开的车窗倾泻进来。

等在门口的总管打开车门，问道：

“是三谷太太吧？”

“是的。”

雪子小声答道。因为汽车横在门口，雪子的座位靠近大门，不过，今天刚举行婚礼，称她三谷太太，恐怕还是头一回吧。

雪子略一迟疑，便先下了车。回身看着汽车里面，等候菊治。

菊治脱鞋的时候，总管说：

“房间安排在茶室，是栗本师傅来电话吩咐的。”

“什么？”

菊治一屁股坐在低低的木板地上。女佣慌忙拿了坐垫过来。

千花子从心口窝直到乳房上的那块痣，恍如恶魔的手印，浮上菊治的脑际。他正低头解鞋带，一抬头，仿佛看见了那只黑手。

去年，菊治卖掉房子，把茶道用具一股脑儿处理掉了，打那以后就没再见过千花子。照理关系已经疏远，可是，同雪子的婚事，难道她的魔手仍旧操纵着不成？连蜜月旅行住什么房间都要来指手画脚，实在料想不到。

菊治看了看雪子，总管的话，她似乎并不在意。

两人从门口给带到长廊，朝海的方向走去。也不知要下到哪里，好像钻进一条狭窄的隧洞。这条细长的水泥通道上，有几处台阶，半路上，厢房的客厅像只和服袖子，与长廊相连。接着，一直走到尽头，才是茶室的后门。

进了八张席的大间，菊治正要脱外套，觉得雪子在身后接了过去。

"啊！"

菊治低低吭了一声，回过头去。俨然初为人妻的举止。

桌子脚下，砌着点茶用的地炉。

"三张席那间茶室，正坐着茶釜……"总管放下两人的行李说，"虽说没什么太好的茶具。"

菊治惊讶地说：

"那儿还有间茶室？"

"是，连这间大的也算上，一共四间。跟原先横滨的三溪园是一个格局，照原样迁过来的。"

"唔？"

不过，菊治一点摸不着头脑。

"太太，那边是茶席，随时请用……"总管对雪子说。

雪子正叠自己的外套。

“回头再看吧。”

说着站了起来。

“呦，这海好美呀！船上还点着灯呢。”

“那是美国军舰。”

“美国军舰能开进热海吗？”说着，菊治也走过去看，“是小军舰喔。”

“竟有五艘呢。”

军舰的中间，悬挂着红灯。

热海市街的灯火给海隅一角遮住，只看到锦浦那一带。

女佣斟上茶后，总管说过几句客气话便一起告退。

两人闲看了会儿夜空下的大海，然后回到火盆边。

“真可惜！”

雪子说着，拉过皮包，掏出一枝玫瑰，把压坏的花瓣理好。

在东京站动身时，大概雪子觉得抱一大束花乘车羞答答的，便交给送行的人，这是给她留下的惟一的一枝。

雪子把花搁在桌上，看到桌上的贵重物品保管袋，便问：

“你看怎么办？”

“是贵重物品吗……”菊治手上正拿着那枝玫瑰，便问道，“还是玫瑰？”

雪子看着菊治。

“不，我的贵重物品老大老大，既不能装进袋里，也不能交别人保管。”

“为什么？……”说完，随即会意，便道，“我的也不能交给别人。”

“在哪儿？”

是雪子不好意思指菊治？

“这儿……”

她看着自己的胸脯，再也抬不起头来。

听见对面茶室里，茶釜的水嗞嗞在滚。

“看看茶室吧？”

雪子点了点头。

“说真的，我不太想看。”

“不过，人家特意预备的……”

从茶室后门进去，雪子照规矩先看壁龛。可是菊治，却立在门口的席子上，一吐心中的怨气：

“你说人家特意，还不是栗本叫预备下的！”

雪子转身坐到茶炉前。正是点茶的位置，膝盖冲着炉子，端坐不动。那姿态像在等菊治说什么。

菊治也把膝盖凑近炉子坐了下来。

“本来不愿意提这事，方才在门口，一听见栗本两字，我就一激灵。我的罪孽，我的悔恨，全都与她有关……”

雪子似颔首同意。

“现在栗本还常去你们家吗？”

“去年夏天，被我父亲发了一顿火，就很久没再来……”

“去年夏天？她告诉我说，雪子小姐已经结了婚了！”

“哟！”

雪子也想了起来，说道：

“准是那个时候。师傅又来提另一门亲……父亲大发雷霆，他说：一个媒人只提一门亲。一门不成又提一门，对我女儿来说，太岂有此理了。

不要再来愚弄人！事后寻思，真得感谢爸爸。能嫁给你，也全靠爸爸的力量。”

菊治默然不语。

“师傅她也不肯认输。说什么三谷少爷中了邪了。还讲了些太田太太的事。好讨厌哟。我当时浑身直哆嗦。既然这么讨厌，为什么竟止不住要打战呢？过后一想，才明白，原来我还是愿意嫁给你。可当时，在爸爸和师傅面前，浑身哆嗦，伤心极了。也许爸爸看到我的脸色，便说，要么凉水，要么热水，都好喝，不冷不热的温吞水则最难喝。我女儿既经你介绍,认识了三谷少爷,她自己会做出判断的。说完便把师傅撵走了。”

大概是管浴室的人来了，往浴缸里哗哗放水。

“虽然心里难过，可我自己做出了判断。所以，对师傅的事用不着放在心上。现在我坐在这儿点茶，也没把这当回事。”

说完，雪子仰起脸来。一双美目映着小小的电灯，连绯红的两颊和丰唇看着也都十分明丽。从这张光艳照人的面庞上，菊治升起种极其可贵的至亲至爱之感。碰到这美人儿的热情，浑身会漾起一缕柔情，真是不可思议。

“因为你系的是一条石菖蒲的腰带，所以，应该是去年五月吧。那次你上我家茶室来，我觉得你永远是个可望而不可即的彼岸之人。”

“因为你当时那副模样，像有什么伤心事似的。”雪子微微一笑，“你倒还记得那条石菖蒲的腰带？已经放在行李里，运回家去了。”

雪子对自己和菊治，都用了“伤心”一词，不过，雪子伤心之时，正是菊治两眼冒火在寻找文子的下落。菊治没有想到，会收到文子从九州竹田镇寄来的一封长信。所以，随即赶到竹田。然而，时隔一年半，直到今天也不知道文子的去向。

信写得情意绵绵，劝菊治忘掉文子她们母女，同稻村雪子小姐结婚为好。那封信遂成文子同菊治的诀别信。永远在彼岸，似乎雪子与文子对换了位置。

此刻，菊治仍在思忖，永远是个彼岸之人，想必在现世是不存在的吧？这句话恐怕也不宜随便乱说。

二

回到八张席的大房间，桌上摆着一本相册。菊治翻开一看：

“噢，原来是这茶室的照片呢。我还以为是来蜜月旅行的相册哩，倒没想到。”转向雪子说。

相册的扉页上附了一份茶室的简介——此寒月庵曾为江户十大官员之一河村迂叟之茶室，后移至横滨三溪园。因遭空袭，顶塌墙倒，门毁地陷，荒废朽蚀，其状不堪一睹，故于最近移至旅馆庭院之内。因系温泉旅馆，除增设浴室外，其余格局悉同前构，充分利用可用之原材料。战后初期，因燃料不足，近邻街坊将倾圮的木料当作柴薪，所以廊柱上尚留有柴刀劈砍的痕迹。

“这上面还说，大石内藏助[1]还曾游过寒月庵呢……”

雪子一边读一边说道。

因为迂叟经常出入赤穗藩，他所持有的荞麦茶碗“残月”流传了下来，

---

1 本名大石良雄(1659—1703)，著名“赤穗义士”之首领，曾为赤穗藩的家臣总管。1701 年主公浅野长矩因受辱而刺伤吉良义央，幕府命其剖腹自裁并没收其领地。翌年 12 月，大石率原赤穗藩武士四十六人，夜袭仇家，杀死吉良义央，为主公报仇雪耻。1703 年 3 月，幕府复令大石等四十七名武士剖腹谢罪。这一历史事件成为日本各类文艺作品的题材，其中以歌舞伎《忠臣藏》最为脍炙人口。

称作“河村荞麦”。茶碗的一侧是薄胎绿釉，一侧是薄胎黄釉，景色各殊，题款为“晓空残月”。

几帧三溪园茶室被炸毁的照片后，依次附有从迁建到落成典礼茶会上的盛况照片。

倘若大石良雄来过，那么，寒月庵至迟应建于元禄[1]年间。

菊治向房间四下打量了一番，几乎全部用的是新木材。

“方才那间小茶室的壁龛，柱子像是原来的。”

两人在三张席小茶室的工夫，女佣来关挡雨板，茶室的照片，大概就是那时放在桌上的。

雪子一边翻来翻去看照片，一边说：

“你不换换衣服吗？”

“你呢？”

“我好在是和服，不换了。你去洗澡时，我把人家送的礼物、点心拿出来。”

浴室里弥漫一股新木材的清香。从浴槽到冲澡板、墙壁以及天花板，木板的颜色显得柔和，还带着美观的直条木纹。

听得见女佣走下长廊的说话声。

菊治走出浴室，雪子不在房内。

八张席的大房间里已铺好被褥，桌子也靠到一边。想是女佣来铺床时，雪子躲到方才那间小茶室里去了。

“炉子里的火就这样不管它行吗？”

1　江户中期东山天皇的年号，1688—1704年间，正值幕府第五代将军德川纲吉统治时期。政治升平，经济繁荣，文化灿烂，史称“元禄时代。”

里间传来雪子的问话。

“行吧。”

听到菊治回答，雪子立即走了过来，眼睛似乎不知往什么地方看才好，便看看菊治说：

“舒服吗？”

“这个？……”

菊治换上了旅馆的棉和服，还套了一件外褂，他看了看身上说：

“去泡一下吧，水正合适。”

“好吧。”

雪子到右边一间三张席的小房间里，从旅行箱里掏东西，然后又拉开八张席大房间的门坐了下去，把化妆包放在身后的走廊上，不知为什么手扶在席子上，红着脸，略施一礼。然后摘下戒指，放在梳妆台上便走了出去。

这一施礼，有点出人意料，菊治险些“啊”地一声叫了出来，感到雪子楚楚可怜。

菊治站起来去看雪子的戒指。结婚戒指没去动，只是捏着那粒墨西哥蛋白石坐回火盆旁。在灯光下一照，宝石里面红的、黄的、绿的，点点光亮，璀璨辉煌，动一动，一忽儿消失，一忽儿又闪现。透明的宝石里，小火球一闪一灭，把菊治看呆了。

雪子走出浴室，进了右边那间三张席的小茶室。

八张席的大茶室左手，隔着一条很窄的走廊，有两个小茶室，一间铺三张席，一间铺四张半席，右手也有一间三张席的小茶室，女佣把两人的皮箱都放进右手那间。

听动静，雪子似在那儿叠和服。

“我把门拉开点好吗？怪害怕的。”

说着起来把八张席的大间与三张席的小间当中的门拉开一尺来宽。

菊治也发现，这儿离正房有两三丈远，偌大一栋房子只有他们两人。看着照到雪子那里的亮光说：

“那儿也是茶室吗？”

“是的。是叫‘圆炉’吧？垫板上安着圆的铁炉……”

听着雪子回答的时候，只见拉门边上，她叠的那件和服衬衣的下摆在翻动。

“千鸟……”

“是呀。千鸟是冬天的鸟，所以绘在衣服上。”

“是碧波千鸟啊。”

“碧波千鸟？是飞翔在碧波上的千鸟。”

“是叫夕波千鸟吧？有一首和歌写道：夕波千鸟，汝也嘒嘒[1]……”

“夕波千鸟……把飞翔在碧波上的千鸟，称作碧波千鸟的吗？”

雪子慢条斯理地说着，绘着千鸟的下摆倏地给叠了起来，看不见了。

三

是因为汽车经过旅馆上方的隆隆声，菊治才瞿然醒来的吗？

听起来，比天刚落黑的时候，车轮隆隆声显得更近，汽笛声也愈发高亢喙亮，由此可以推知还在夜半时分。

1　系《万叶集》第266首，柿本人麻吕所作：淡海之湄，夕波千鸟，汝也嘒嘒，使我心槁，为思古老。参见钱稻孙译《万叶集精选》，中国友谊出版公司1992年版。

声音并没响到足以把人震醒，而会一惊而醒，菊治对此并不觉得奇怪，奇怪的倒是自己居然能够睡着。

因为他比雪子先入睡。

现在，听着雪子那平静均匀的鼻息，心里多少感到一些宽慰。

她是因婚礼前后的劳累而沉入梦乡的吧？临近婚期，菊治因彷徨与悔恨而夜夜失眠，雪子她必也有过不眠之夜的。

雪子能睡在自己身旁似乎是不可能的事，但她特有的那缕缕幽香，却氤氲在枕畔。

也不知是什么香水，雪子身上的幽香，她的鼻息，还有她手上的戒指，以至衣裙上——碧波千鸟的图案，菊治觉得这一切都是属于自己的，那份亲切感，直到夜半不安中醒来仍未消失。他头一回咂摸到这种情感。

但是，菊治却没有勇气打开灯去端详雪子。只拿起枕旁的手表，到洗手间去了。

“五点过了？”

菊治自感，对于太田夫人和她女儿文子，都顺乎自然，毫无抵触，何以对雪子会异常到极端的地步？是良心的挣扎？是在雪子面前自惭形秽？抑或是太田夫人和文子还牢牢地缠住菊治不放？

照栗本的话来说，太田夫人简直是狐狸精，今晚的房间等于是千花子指定的，这使菊治不免有些抵触，感到不快。

就连雪子穿了一身没穿惯的和服出来旅行，他也疑心是千花子指使的。

“旅行怎么不穿西装？”

临睡之前，菊治还有意无意地问起过。

“就今儿个穿一天。都说穿西装有点煞风景，而且，乍认识你时，两次都是在茶室，穿的和服。”

菊治没问是谁说的。他转念一想，是雪子为了蜜月旅行才让绘上千鸟花样的。

“方才说的夕波千鸟那首和歌，我很喜欢。”菊治掩饰地说。

“是首什么和歌？”

菊治把人麻吕的诗，急急念了一遍。

他的手轻轻地抚摩着新娘的后背。

“啊，真是好福气。”

不由得说道。他怕吓着雪子，尽可能地温柔。

即便凌晨五点醒来，在不安与焦虑之中，菊治依然强烈地感到雪子的可贵。她那轻轻的鼻息，幽幽的香气，足以让他感到甜蜜温馨，好似得到了宽宥。那也许是种自我陶醉，然而，惟有女人才能给罪大恶极之人以宽宥，他有幸得到了。是一时的感伤？还是自我麻醉？很难说。但却是从异性那里获得的救赎。

菊治心想，哪怕明天便和雪子分手，他也会一辈子都感激不尽的。

内心的不安和焦虑一旦缓解，菊治反而感到有些凄然。雪子她也曾因不安和难下决断而惶惑过吧？可是,菊治却不敢叫醒雪子,重新拥抱她。

涛声时时可闻，以为天亮前不会再睡，不料又酣然睡去。睁眼一看，灿烂的阳光已照到纸拉门上。雪子却不见了。

菊治一惊，难道是逃回去了吗？已经九点过了。

打开拉门，看见雪子正坐在草地上。抱着两腿，望着大海。

“睡懒觉了。几时起来的？”

“七点来钟。像是总管来烧开水，就醒了。”

雪子回过头来，羞红了脸。今天早晨换了西装。昨夜的红玫瑰别在胸前。菊治顿觉安然，松了一口气。

“这朵玫瑰倒还没蔫掉。”

“昨晚洗澡时，我给插在洗手间的玻璃杯里了。你没发现？”

“没发现。”菊治说，“洗过澡了吗？”

“洗过了。先起来，无处可待又无事可做，只好轻轻打开挡雨板出来。在这儿一看，美国军舰正往回开呢。说是晚上来玩，早晨回去。”

“军舰来玩？奇怪。”

“是这儿扫院子的人说的。”

菊治打电话告诉账房他已起床。洗过澡之后，也来到草地上。天气暖和得不像是十二月中。吃过早饭，他们坐在朝阳的廊下。

大海闪着银光，极目望去，粼粼波光随时间而推移。伊豆山到热海一带，岩礁累累，像小小的岬角一样。浪拍岩脚，波光也时时变幻。

“亮得就像星光闪烁。就是这下面的海，那儿！”雪子指着海上说，“简直像是星彩蓝宝石……”

眼下的海面，是一片光亮，俨若星光，明灭不已。点点光辉，此起彼伏。因为离得近，波光一道道，看着是分开的，而在远处，则波光如镜，一片星光粲然。但是，凝目望去，远处的波光依然在涌动。

茶室前有一块狭窄的草地，走下去，见草坪一端的夏橘，枝头上也已锦色斑斓。直到海滨，是一片缓缓的斜坡，松林傍水而立。

“昨晚，仔细看了一下你戒指上的宝石，真是美极了……”

“这是波光，而波光也犹如蓝宝石上的星彩。最像钻石光了。”

雪子看了一眼手上的戒指，又凝望着大海。

一来景色恰好宜于讲讲宝石之类的话题，再说，这是他们二人共有的时光，但是菊治心里有事，无法陶然于眼前的幸福。

菊治把父亲的房子卖掉了，就算把雪子领回自己简陋的家也无妨，但是，要谈起那儿的新家庭，菊治的心思却还不能真正进入婚姻生活。何况，谈彼此的往事，不提太田夫人、文子或是栗本，那简直是自欺欺人。所以，菊治绝口不提两人的日后或是过去，只谈眼前的现实。

雪子心里又是如何想的呢？阳光下，她的面庞娇艳照人，毫无芥蒂的样子，难道是对菊治的眷顾怜恤吗？抑或是铭感新婚之夜，受到菊治的体贴照拂？

菊治有些待不住，想要动一动。

在这家旅馆，订了两个晚上，所以，午餐他们便到热海宾馆去用。餐厅的窗畔，立着破残的芭蕉叶子，对面有一丛铁树。

“小时候，爸爸曾带我来这儿过年。可是铁树竟跟那时一点没变样。”

说着，雪子转过脸去打量面海的庭院。

“我父亲也常常上这儿来。那时，我倘若跟着来，说不定能遇见小雪子呢。”

“不，那不好。”

“小时遇见了，岂不是很有趣吗？”

“小时遇见了，没准儿结不成婚了。”

“为什么？”

“因为我小时候好像挺聪明伶俐的。”

菊治笑了起来。

“爸爸常说我：你小时候挺聪明的，可越长越笨了。”

从雪子的片言只语中，菊治也能想象得出，在四个兄弟姐妹当中，她父亲对她是何等的钟爱与喜欢。如今一双聪明伶俐的眸子依然闪着光辉，还留着儿时的面影。

四

从热海宾馆回来，雪子立即给母亲打电话。其实并没什么话要说。

“妈问怎么啦，不放心哩。你要说两句吗？”

“不了，请问个安吧。”

菊治随口推辞了。

“是吗？”

雪子回头望着菊治，又说：

“妈问你好。要你多保重……”

电话在房间里，雪子无意背着菊治去诉苦，菊治从一开头就明白。

然而，有什么事可让雪子的母亲担心的呢？难道是出于女人的直感吗？是因为蜜月旅行的第二天，新娘就给娘家打电话的缘故？一个电话竟能让新娘的母亲感到吃惊？菊治虽然无从知道，但是，再一想，新娘倘被丈夫缠住，感到难为情，恐怕是不会打电话的。

四点过后，有三艘美国小型军舰开来。网代那边，远远的天空，有些许淡淡的云彩，淡得已经化作一片云霭。暮色融融，宛如春天一般的海面上，军舰正缓缓驶来。运载的即使是饥饿的情欲，那三艘军舰看来也像是静静的模型。

“军舰果真是来玩的。”

“今早我起来时，看见昨晚的军舰正在往回开。”雪子说，“因为闲来无事，就一直目送到老远老远。”

“你坐等了两个来小时，等到我起床？”

“感觉好像更长。待在这里，奇怪得很，觉得好快活。我心想，等你起来了，有很多很多话要同你说……”

“什么话呢？”

“都是不着边际的话……”

天还很亮，开来的军舰已经点上灯了。

“我为什么嫁给你？你是怎么看的？要是能告诉我，该多好玩啊！这些事，也想跟你说说。”

“嗯，这并不是我怎么看的问题。”

“那倒也是。不过，这丫头为什么要嫁给我呀，要是追究起来，岂不挺好玩吗？反正我很快活。可是，你说我永远是个可望而不可即的彼岸之人，为什么会这样想呢？……”

“去年，你来我家茶室时用的香水，现在用的还是同一个牌子吧？”

“是啊。”

“就在那天，我觉得你永远是彼岸之人。”

“哟，你不喜欢这香水味？”

“不是的。第二天，觉得茶室内你的余香还在，还特地跑过去闻了闻……”

雪子惊愕地看着菊治。

“就是说，我当时想，雪子永远是一个可望而不可即的彼岸之人，自己非断念，死了这份心不可。”

“你这么说，我太难过了。你是因为别人才这么说的……你的心思我知道，但我现在，只想听你为我说的话。”

“那就是向往。”

“向往？……”

“是吧。断念与向往，我想二者兼而有之吧。”

“你说向往，这让我吃惊。不过，我自己也曾断过念，也许正意味着我也曾向往过。可是，却没想到断念或是向往之类的词儿。”

“向往可能是对罪人而言……”

“又提别人的事！”

“不，不是的。”

“没什么。我甚至也想过，哪怕是一个有妇之夫，也会喜欢。”雪子的一双明眸闪闪生辉。“不过，说什么向往，我有点儿害怕。别再说了吧。”

“是啊。昨晚，觉得连你的气息都已属于我，真是不可思议……”

“……”

“但是，那种向往之情仍未消失。”

“马上就会失望的。”

“绝不失望！”

菊治断然说道。因为他对雪子怀有深切的感激之情。

雪子猛地大受感动，情不自禁地用力说：

“我也绝不失望！我发誓！”

然而，再过五六个小时，雪子岂不是马上就要失望了吗？就算雪子还不失望，止于疑惑，可是菊治焉能不对自己失望，不对自己感到寒心？

菊治不仅因为害怕这个，他一直说话，睡得比昨夜还迟。雪子也比昨夜更为亲密地应对。说得起劲时，轻松随意地泡上壶粗茶。

菊治在浴室剃光胡子过来，在抹润肤霜时，雪子也靠在梳妆台旁，用手指挑了点菊治的润肤霜说：

“爸爸用的，一向是我买的……”

“那我也用同样牌子的吧？”

“还是不同牌子的好。”

今晚，她又把睡衣放在腿上。依然低头施了一礼，自去洗澡了。

“晚安。”

说着，手轻轻地扶在席子上，然后，理理下摆，灵巧地钻进自己的被窝。举止间，洋溢着少女之态，那么纯洁无瑕，令菊治为之心动。

不大会儿工夫，在黑暗中，菊治闭着颤颤的眼帘，竭力去回想，那时文子没有撑拒，只是纯洁本身在抵御的情景。这是卑鄙而下流的挣扎。在胡思乱想中，借蹂躏文子的纯真，以羞辱雪子的贞洁。好恶毒的念头呀。但雪子纯洁无瑕的举止，虽然让菊治痛苦不堪，但诱发他对文子的思念，却是不争的事实。

而且，对文子的忆念中，菊治禁不住想起太田夫人那女人的热潮来临时的情景。那是咒语的魔力？抑或是人的本性？不论如何，夫人死了，文子不知去向，然而，倘说她们两人但有爱而无恨的话，那么，如今置菊治于惨境，令他惶惶而不可终日的，究竟又是什么呢？

菊治悔恨自己曾陶醉于太田夫人那女人的热潮之中，现在，他身手里面，真像有什么东西麻木不仁了似的，甚感恐惧。

蓦地，听见雪子的秀发擦着枕头的声音。

“说说话儿吧。”

听她一说，菊治的心扑通一跳。

难道是罪人之手轻轻抱住了圣处女吗？菊治猛然间感到一股热泪涌上眼角。

雪子温柔地把脸靠在菊治的胸脯上，隔了一会儿低低啜泣起来。

菊治压低了发颤的声音说：

“怎么回事，伤心了？”

“没有。”

雪子摇了摇头。

“本来就非常喜欢你。可是从昨天起，越发喜欢你了，所以就哭了。”

菊治的手抚着雪子的下颏，将嘴凑了过去。也不再去掩饰自己的眼泪。瞬息之间，对太田夫人和文子的胡思乱想，消失得踪影皆无。

同纯洁无瑕的新娘，过几天清清白白的日子，难道不可以吗？

五

第三天，海上依旧晴暖，雪子先起身，梳洗打扮完毕。

雪子今早听女佣说，昨晚来这家旅馆度蜜月的，共有六对新人。只因茶室偏远，靠近大海，听不见多少人声。唱机里小提琴伴奏的歌声也传不到这里。

不知日光是怎么回事，今天直到下午也不见波光闪闪。昨天，还灿若星光的下边的海面上，今天，出现了七艘渔船。开在头里的是艘卜卜响的小汽艇，后面拖着六条船。六条船从大到小，挨个儿按顺序排成一列。

“简直像个家族呢。”

菊治含笑说。

旅馆送了一对夫妇筷做纪念。筷子包在一张印有仙鹤的粉红色的纸里。

菊治忽然想起来，说道：

“那个千鹤包袱皮带来了没有？”

“没带来。样样都是新的。真叫人难为情。”

说着，雪子那双美丽的双眼皮连眼角都红了。

“你看，发型也变了。不过，人家送的礼物上有带鹤的。”

不到三点，乘车去川奈。

网代码头上有很多渔船。有的船漆成白色。

雪子回头望着热海说：

“海的颜色变得像粉红的珍珠了，像极了。”

“粉红的珍珠？”

“嗯，我有一副耳环和项链就是粉红的。要拿给你瞧瞧吗？”

“到宾馆再瞧吧。”

热海的山上，皱襞的影子渐渐深了起来。

迎面看到一个丈夫拉着板车跑，妻子坐在车上的柴垛上。

“真想过过那种日子。”

雪子说。难道雪子现在已忧虑起日后的贫贱生活吗？菊治不禁赧然。

海边成排的松树，一群群小鸟在穿行飞掠。飞得几乎能赶上汽车，汽车开得略微快一些。

今早在伊豆山上的旅馆，看到海上的七艘拖船，已经开到了这里。是雪子发现的。依然是从大到小，像和睦的一家人排列成队，正靠近岸边拖曳而行。

“仿佛是来同咱们相会呢。”

雪子此时喜悦之心，连对这些船只都生出亲切之感，也使菊治心里松快一些。这是他们一生中的幸福日子吧。

去年，从夏到秋，菊治去寻文子的下落，不知是因身心交瘁呢，还是着了魔，就在那时，没料到雪子会独自一人翩然而至。菊治恍如身处黑暗中的人忽然见到了阳光。觉得是那么光辉夺目，又有些迷惑不解，显得拘谨客气。不过，打那以后，雪子便时时登门造访。

不久，菊治收到雪子父亲的来信：承蒙你同小女交往，不知是否有意结成伉俪？一来栗本千花子先前提过亲，再者，我与内人也都希望小女能如愿以偿，嫁给她一见钟情的人。这封信透露出双亲对两人交往的担心，也可看作是对菊治的提防，但同时也由父亲转达了女儿的心意。

从那以后，直到今天，已整整一年了。菊治的心思，始终在等待文子与得到雪子之间摇摆不定。然而，每当他思念太田夫人，追忆文子，或因悔恨而心灰意冷的时候，却总是萦绕着一个幻影：在晨空或夕照中，白鹤千只，翩翩飞舞。那就是雪子。

为看拖船，雪子靠到菊治身上，没再回到自己的坐位。

到了奈川宾馆，他们给带进三楼尽头的一个房间。两边没有墙壁，是一整面观光的大玻璃窗。

“大海成了圆的啦！”

雪子快活地说道。

水平线给描成一个浅浅的圆弧。

隔着草坪中的游泳池，有五六个穿浅蓝制服的女捡球员，背着高尔夫球棍袋走了上来。

西窗外，展现出一大片富士高尔夫球场。

想到广阔的草坪上走走，可一出门，菊治便背对西风说：

“好厉害的风！”

“有风怕什么，走吧！”

雪子使劲拉着菊治的手。

回到房里，菊治先进了浴室。这工夫，雪子重理秀发，换了一件衬衫，准备去餐厅。

“要戴上这个吗？”

说着，把珍珠耳环和项链拿给菊治看。

晚饭后，他们在日光浴室里待了一会儿。那是个椭圆形的大房间，凸出在院子里，正值上班的日子，所以，里面只有菊治他们两个。两盆名为少女茶的茶花正在半圆的一头盛开。

然后，两人来到大厅，在壁炉前的长椅上坐了坐。大块的劈柴在燃烧。壁炉上摆着大朵的君子兰，也是两盆。长椅后的大花瓶里插着早开的红梅，十分艳丽。高高的天花板，是英国式的木架结构，显得很沉稳。

菊治靠在皮椅上，盯着壁炉里的火焰，凝视了好半天。雪子也坐在那儿出神，面庞红扑扑的。

回到房里，厚厚的窗帷已经拉上。

房间虽大，没有套间，雪子到浴室里换了衣服过来。

菊治穿着旅馆的浴衣还坐在椅子上。雪子换上了睡袍，随便地站在他身前。

锈红地碎白花的新衣料，似也可做成西式衣裙，现做成元禄袖[1]式的和服，式样蛮舒适随意的，穿在身上显得娇滴滴的。腰上系了一条绿色的软缎窄腰带，像个西洋玩偶。红衬里子下露出了雪白的睡衣。

1　和服的一种式样，袖子较一般和服略短，袖兜呈圆形。

“这衣裳很好看。自己想出来的？是元禄袖吗？”

“跟元禄袖还不大一样。随便做着穿的。”

雪子走向梳妆台。

梳妆台上只亮着一盏灯，房里半暗不明的，两人都入睡了。

菊治瞿然睁开眼睛，听见咚咚的巨响。风声呼啸。庭院边上是道断崖，疑是惊涛拍击的声音。

看看雪子，她竟没在床上，立在窗边。

“怎么了？”

菊治下床走了过去。

“咚咚的声音好吓人。海上喷出粉红色的火。你瞧……”

“是灯塔吧？”

“把我惊醒了，吓得睡不着。方才起来一直在这儿瞧着。”

“是波涛声呀。”菊治把手搭在雪子的肩膀上说，“把我叫起来多好……”

雪子的心思似乎还在海上，说道：

“你瞧，那粉红的亮光。”

“是灯塔。”

“那儿虽有灯塔，可是比灯塔的灯大，忽地一下冒出来。”

“是波涛声吧？”

“不是。”

好像是拍击断崖的波涛声。海面上照着一弯冷月，黑沉沉的一片静寂。

菊治也看了一阵，灯塔的明灭与粉红的闪光自是不同。红色的闪光间歇长，也不规则。

“是大炮呀。还以为是海战呢。”

“哦，是美国军舰演习吧？”

“可不。”雪子也同意，又说，“真吓人，怪害怕的。”

肩膀也软了下来。菊治抱着她。

夜空下，照着一弯冷月的海面上，风声猎猎，远远的，粉红色的火光之后是隆隆声，菊治也觉得有些悚然。

“这么半夜三更的，不该一个人看。”

菊治胳膊用上劲，将雪子抱了起来。雪子羞怯地搂着菊治的脖子。

一阵撕心裂肺的悲哀猛袭上来。菊治断断续续地说：

“我，不是不能呀！不是不能！可是我的羞耻心，我那不道德的记忆，还不容许我呀！”

雪子仿佛昏迷了过去，沉甸甸地靠在菊治的胸脯上。

诀别旅行

一

蜜月旅行回来后，菊治把文子去年的来信烧掉之前，又重读了一遍。

于开往别府的黄金号客轮，十月十九日……

您是不是还在找我呢？请您原谅，就当我是个不知下落的人吧。

我已决意不再见您了，所以，这封信，我想是不会寄出的。即便要寄，也不知是几时的事。我要到父亲的故乡竹田镇去，倘如这封信到了您手里，那时，我已不在竹田镇了。

父亲早在二十年前就离开了故乡，我对竹田镇也一无所知。

石山绕四方，竹田在中央，秋水一澄鲜，溪流淙淙响。

天然竹田镇，不似人工城，山洞做城门，出入经门洞。

小小竹田镇，漫然一片白，处处皆芒草，不分门内外。

我只是根据与谢野宽和晶子[1]夫妇《久住山之歌》中的这些和歌，以及父亲的话，心里做番想象罢了。

我要回到父亲那陌生的故乡去。

一个久住镇的人，据说父亲小时也认识他，他的和歌：

故乡山长在，温柔一片心，潺潺清溪流，声声入耳闻。接天原野阔，一望无穷碧，悠悠故乡情，犹胜少年时。

非是我心独烦忧，群山亦自黯黯愁，君不见乌云遮山头。

拂逆之心终消失，但求伊人得平安。

也将我引向父亲的故乡。

一似匍匐大师前，衷心景仰久住山。

自知不足心常在，宜向青山去求教。

久住山隐云端内，骤如伊人去无踪。

与谢野宽的这些和歌还诱使我到久住山（也写作九重山）去。

虽然上面写了“拂逆之心”这首和歌，可是对您，我心里却没有一点拂逆的意思。要有，那也是对我自己，以及对自己命运的拂逆。即便如此，如果说这是拂逆之心的话，倒不如说是悲哀更恰当。

何况事情已经过去了三个月。我满心但求您的“平安”。我不该给您

1　与谢野宽（1873—1935），号铁干，诗人、歌人，创办了东京新诗社及《明星》杂志是短歌革新运动的倡导者。其妻子晶子（1878—1942），歌人、作家、思想家，同为明治浪漫主义文学运动的开拓者。

写这封信。本来要写给自己的，结果倒变成写给您的了。写完了，说不定会扔到海里去。也没准儿是封永远写不完的信。

侍应生正依次将大厅里的窗帘拉好。厅里除了我，另一端只有两对外国的年轻夫妇。

因为是一个人旅行，我订的是一等舱。我不愿意跟很多人待在一起。一等舱是两个人一间，另一位是别府观海温泉旅馆的老板娘。说是女儿嫁到大阪，她去侍候完月子回家的。

“在大阪简直没法儿睡觉，我想美美地睡上一觉，才坐的船。”她说，从餐厅一回到舱里，没过一会儿便上床睡了下去。

我们乘的这艘黄金号客轮驶出神户港时，一艘叫苏伊士之星的伊朗船正进港。船的形状很奇特。

“大概是客货两用船吧。”老板娘告诉我说。我心想，连伊朗船都开到这儿来了。

船离港越来越远，神户的市街和后面的山峦、暮色愈见苍茫。已是夜长昼短的秋天了。到了夜里，便广播海上保安官的安全注意事项。船内严禁赌博。受害者亦须受罚……

“今日赌博之可能性相当之大。”

大概是赌棍混进了三等舱。

温泉旅馆的老板娘已经入睡，我便来到大厅里。两对外国夫妇中，有一个是日本女人。看样子她已结婚。对方不是美国人，好像是欧洲人。

忽然间，我似乎觉得，索性同外国人结婚，远远地躲到外国去倒也不错。

——胡思乱想些什么呀！自己也吃了一惊。虽说是在船上，居然想到结婚什么的，实在出乎意料。

那个女人好像出身良家，可是在表情和举止上，却极力去模仿洋人。大概总记着嫁给洋人这回事，挺臭美的，才会有那种举止。

这两三个月里，我不知道有什么事让自己动过心。在府上茶室前的石钵上，摔碎那只志野陶茶碗，实在叫我羞愧得无地自容。

我说过，会有更好的志野陶的！当时我真这么认为。

那件志野陶水罐，当作我妈的念心儿送给您，看您欣然收下，一时疏忽，就想起把那只直筒茶碗也给您。可是过后一想，还会有更好的志野陶，于是就待不住了，站也不是坐也不是的。

“照你这么说，送人只能送最好的东西喽？”您当时这么说过。不过，送“人”，那也只限于您。我是这样认为。这也是出于我一味要美化我妈的心思。

对于死去的我妈也罢，对于苟活的自己也罢，除了把我妈想得完美无缺之外，当时简直就没有别的办法。我的心胀得满满的，又好像着了魔似的，把一件并非上好的直筒茶碗当作我妈的念心儿给了您，心里真是后悔得了不得。

三个月后的今天，我的心情也变了。是一场美梦破灭了呢，抑或是一个恶梦醒来了呢？我不知道。但我想，摔碎那件志野陶的时候，正是我妈和我，同您彻底诀别之际，摔碎志野陶，尽管令人羞愧，这样做未尝不是件好事。

“碗边上还染上了我妈的口红印儿……”那时我说这些，想起来简直是鬼迷心窍。

由此，还有一件事，回想起来也叫人毛骨悚然。是我父亲还在世时的事。有一回栗本师傅来，记不太清楚了，好像提到长次郎，等拿出黑乐茶碗一看：

“哟,霉得真厉害……保管得太不经心了。用过了就那么收起来了？”师傅皱着眉说。茶碗有一面长了霉，像是石菖蒲朽烂的颜色。

“拿热水洗过，洗不掉。”

师傅把茶碗搁在腿上死死地瞧着，冷不防手指咔哧咔哧挠头发，然后便用那只油乎乎的手去搓茶碗，霉点果然掉了。

“嗯，这回好了。您瞧！”师傅挺得意。可我父亲没伸手，说道:“这么弄，多脏！太腻味人了！简直叫人恶心！”

“我去洗洗干净。”

“洗多少遍也不管用。我不想再用这碗喝茶了。你喜欢，就给你吧。”

年幼的我坐在父亲身旁，还记得那种恶心劲儿。

后来听说师傅把那只茶碗卖掉了。

碗边上沾着女人的口红，与此也相类似，是令人作呕的。

请您就把我妈和我忘掉，跟稻村雪子小姐结婚吧……

二

于别府观海寺温泉，十月二十日……

如果从别府乘火车，经大分去竹田，这样走会快一些，但我想到近处去“瞻仰”一番九重群山。于是就选择了这样一条路线：越过别府后面的由布山麓，从由布院乘火车到丰后中村，然后进入饭田高原，翻山到山南，再从久住镇去竹田。

竹田虽说是父亲的故乡，对我来说却是一个陌生的土地，父母都已去世的今天，还不知他们怎么迎接我呢？

——小镇让人感到，那是心灵的故乡。父亲曾经这样说过。小镇也许正像与谢野宽夫妇的和歌所描绘的那样，岩石围绕着四方，讲城出城要钻石头门洞。

倘如母亲在世，她就会详详细细地告诉我，虽说在我出生前，父亲只带她回去过一次。

令尊同我母亲的事，我原谅他们的当时，就觉得好像背叛了我父亲似的。可是，这个小镇，对于父亲，是他的故乡。在我，则是异乡，为什么会给吸引了去呢？难道说，这个是故乡又非故乡的异乡小镇，竟成了我眷恋的土地吗？莫非是，在父亲的故乡小镇，有母亲与我赎罪的清泉吗？

归来叩见慈父颜，而后拜谒故乡山。

这也是《久住山之歌》中的一首。

思敬起来，从原谅令尊同我妈的时候起，便孕育了我们娘俩后来的罪孽。想必那就像一道符咒，紧紧地将您箍住，让您痛苦不堪吧？可是，不论什么罪孽和咒语，总有穷尽之时，我把那只志野陶茶碗摔碎之日，我想，这一切也都结束了。

我只爱过两个人，那就是妈和您。我说我爱您，您一定惊讶了吧？就连我自己都有些儿吃惊呢。但我寻思，还是别把这份感情隐藏起来的好，这样反倒能求老天保佑“伊人”的“平安”。您对我做的事，我一点也不怪您，也不恨您。只不过我的爱遭到最大的报应，受到最狠的惩罚。我是这么想的，我的这两份爱，都罪有应得，一个死了，一个是孽障。难道这就是我这个女人的命吗？我妈以死清算了一切，我则负累而逃。

“噢，我真想死掉！”妈像口头语似的这么说。她那么想见您，我一拦着，她就吓唬我说：“你想叫我死吗？”

自从在圆觉寺的茶会上见到您之后，妈就有寻死的心思，这也是在摔碎志野陶那天，我才明白过来的。遇见您，是她寻死的因头。可妈她心系一念，惦着要会您，拴住了她那条朝不保夕的命。倒是我拦着她，反使她死去了。摔碎志野陶那天，我竟也有了寻死的心，我越发能理解我妈了。我想，不是妈死，就是我死。结果是妈死了，没让我死掉。

当时，把志野陶茶碗摔在石钵上，我就昏了过去，瘫在石钵上，您扶着我，我喊了一声：“妈！”您听见了吗？也许我没喊出声。

您说我那样子不能回去，又说要送我，我只管摇头说：

“我不再见您了。”我逃也似的赶回去，一路上冷汗淋淋，真想死来着。我不是恨您，而是自感走上了绝路，前边已经无路可走。我的死跟妈的死连在一起，似乎是顺理成章的事。要说我妈是因受不住自己的丑恶才死的，那么，我也存心要这样做。不过我还有一个心念：悔恨之火中，自有莲花盛开。因为我爱您，不论您对我做过什么事，都绝不会是丑恶的。我仿佛一只夏天扑火的灯蛾。我妈觉得自己丑恶便寻了短见，而我则要把妈想得完美，难道是我在梦中迷失了自己吗？

然而，我跟妈不同。妈见过您一次，她的心就不再宁静，渴望与您相会。可我，仅一回，梦就破碎了。我的爱，刚开头，便结束了。与其说是压抑和践踏这份情感，似乎不如说是给人推落、给人抛弃的好。

——唉，不能这样！我心里想。妈死了，我也完了。您还是同雪子小姐结婚的好。那对我倒也是一种拯救。

——您要找我，追求我，我也要寻死的呀！也许这话是说给我自己听的，但是，正像我要把妈想得美好、把自己忘掉一样，只是希望在您的周围，把我们娘俩抹杀掉，不留一些儿痕迹。

栗本师傅说，妈跟我妨碍了您的婚事。等我清醒过来，就明白了这话的意思。师傅还说，自从见了我妈，您的性格完全变了样儿。

摔碎志野陶茶碗的那天晚上，我一直哭到早晨。到朋友家去央求她陪我出门旅行。

“这是怎么了？眼睛都哭肿了……你妈死时也没这么哭过啊？”朋友吓了一跳。陪我一起去了箱根。

说起来，比那个时候，比我妈死的时候，更让我伤心的，是我小时的一件事。是栗本师傅上我家来兴师问罪骂我妈，叫她跟令尊分手的那次。我在背后听见了，就哭了。妈把我抱到师傅跟前，我不乐意，妈就说：“这不是人家在欺侮妈吗？你在背后一哭，妈受不了。让妈抱你！”.

我坐在我妈腿上，脸藏在她怀里，压根儿不看师傅。

“哼，连孩子也掇弄出来演戏吗？”

师傅讥笑着说：

“你这孩子很聪明嘛，三谷叔叔来干什么，你都知道吧？”

“不知道，不知道！”我摇头说。

“你怎么会不知道？告诉你，那个叔叔哇，可是有太太的。你妈坏吧？叔叔人家有个少爷，比你还大呢。连那位少爷都恨你妈哩。你妈的事，要是叫学校的老师和同学知道了，多丢人呢！”

“孩子是无辜的呀！”我妈只能这样说。

“要叫孩子无辜，就得先教育成无辜的样儿，是不是？无辜的孩子，倒亏她能哭得这么像。”

那时我也就十一二岁的光景。

“对孩子这可不是什么好事，怪可怜见儿的……你就存心叫她见不得人，一直到大？”

那份悲哀，简直要撕碎我那小小的胸膛，比我妈死，比离开您，我觉得还要伤心难过。

到别府正是中午，于是便乘公共汽车去游地狱温泉。凭一度同舱的缘分，下榻在观海寺温泉旅馆。

今晨，航行在伊豫滩一带，风平浪静。太阳照在窗上，阳光下，脱掉上衣只穿一件衬衫都汗涔涔的。开进别府港，从左面的高崎山一直向右，群山环抱市街，宛如一脉圆圆的波涛。记得富于装饰性的日本绘画中，画过这样的波涛。观海寺温泉旅馆傍山而立，很僻静。从澡塘出来，市街,码头,一目了然。居然有这么宽敞明亮的温泉浴场,实在让我惊奇。“周游地狱”，乘公共汽车一百元，入场费一百元，十五六处地狱，大抵私人所有，还成立了一个叫“地狱工会”的组织。乘车游览要花两个半小时。

在地狱温泉中，以妖艳和神秘而言，顶数血池地狱和蓝海地狱两处有种莫可名状的色泽。在血池地狱，好似从地狱底层喷涌而出的血色，鲜灵活现，融在透明的泉水之中，池上热气蒸腾。而蓝海地狱，想必是泉水色泽如海，故此得名？淡蓝的水色，清澄而平静，还从来没见过这种颜色。在远离城区的山间旅馆里，午夜回思，血池地狱和蓝海地狱那奇异的颜色，恍如梦幻世界中的泉水。倘如说，我和妈彷徨在爱的地狱之中，那里会不会也有那么美的泉水呢？地狱温泉的水色，令我迷离恍惚。还得请您谅解。

三

于饭田高原筋汤，十月二十一日……

在高原深处的温泉旅馆里，毛衣外面披上旅馆的棉袍，仍挡不住夜里的寒气，肩膀竟要靠在火盆上。旅馆是火灾之后匆忙盖起来的，门窗都关不严。筋汤位于海拔千米之上，明天将翻越一千五百米高的山岭，住在一千三百米处的温泉旅馆。所谓御寒的准备，也就是东京带来的一些衣物，可是今早刚离开的别府，是那么温暖，这差别有多大呀！

明天是九重山，后天终将到达竹田了。我想，明天在旅馆里，还有在竹田镇上，都接着给您写信。不过，我最想跟您说的是什么呢？当然不会是我的旅行日记。九重山，以及父亲的故乡，又能让我告诉您一些什么呢？

也许我想说的是：永别了。尽管我自己也很清楚，默默地离去才是上策。我好像没跟您讲过多少话，但仿佛又觉得已经讲过了好多似的。

“请您原谅我母亲吧。”每次见到您，我都替妈向您道歉。

为了求您原谅，我头一回到府上去的那次，您说老早就知道我妈有我这样一个女儿。

“我曾经想来着，跟你谈谈家父的事。”

您还说：

“几时有机会，能同你谈谈家父的事，再谈谈你母亲的事，那该多好。”

终究没有那样的机会，并且永远失去了那种机会。倘如见到您，谈起令尊和我妈的事，我想，我现在就该整日价为悔恨和羞愧而寝食难安了。父母的事是谈不得的。那样的子女能相爱吗？写到这里，不禁潸然泪下。

十一二岁时，听到栗本师傅责骂的话后，“三谷叔叔”也有个男孩这事，便深深刻在我的心上。可是关于那个男孩的事，我同“三谷叔叔”一次也没提起过。我觉得说了不好。那个男孩去没去打仗，小小的女学生也一点没听说过。

空袭越来越厉害以后，令尊也常来我家。我担心，万一有个三长两短，不就叫那男孩跟我一样，成了没爹的孩子了吗？所以，令尊回去时，我常常送他走。细想之下，那男孩大得足以能当兵去了，可不知怎的，我总是把他想成一个少年。恐怕是乍听师傅提到那男孩的事时，伤透了我的心吧。

我妈她人很不中用，四处去采买东西全仗我。在那些争先恐后粗野地上火车的人中，我发现一个美人儿，就紧紧跟在她身旁。先是说些打哪儿到哪儿去、买些什么东西之类，等提到身世时：

“我是给人家做小的呀。”

大概是那美人儿说得坦率的缘故吧，我这个女学生便说：

“我也是庶出的。”

她很吃惊：“哟！不过，长这么大了倒也蛮好的。”

她把“庶出的”意思好像理会错了。我涨红了脸，也没更正。

她挺喜欢我，时常约我一起去买东西，甚至还到过她的老家，从新泻的乡下弄大米回来。我永远也忘不了她。

长这么大了，又有什么好处呢？我跟您，已经再也不能谈令尊和我妈的事了。

温泉瀑布淙淙可闻。几道温泉自上而落，任泉水击打，叫作“打浴”。治酸胀、疼痛很管用，所以才简简单单称呼“筋汤”的吧。旅馆里没有室内温泉，得去公用的大澡塘。旅馆坐落在涵盖山与黑岩山之间的峡谷深处。入夜，似乎山气氤氲，同别府的血池地狱和蓝海地狱的梦幻色彩不同。今日看到山上的红叶好美。在别府后面的城岛高原上，放眼四望，由布峰也十分壮丽。从丰后中村驿向饭田高原攀登的路上，九醉溪的红叶能尽收眼底。上到十三盘，回首望去，逆光之下，山阴与皱襞色深沉，红叶也愈显其绚丽多姿。山头上洒下的夕阳，使得这片红叶天地显得分外庄严。

明天，无论是高原还是山上，我想，都会是晴天吧。从这间山峡旅馆，遥祝您晚安。旅行三日，没有做过一次梦。

从摔碎志野茶碗的那天夜里起，直到住到朋友家里，这三个月来，屡屡夜不成寐。在朋友家里叨扰得想是太久了。在上野公园后面租的那间房子里，还留下些许行李，也是请那位朋友代取的。

那件事的第二天，您好像来公园后面我家里找过我，这也是听我朋友说的。可是，我为什么要躲起来，却没法儿告诉她。

“一个不能去爱的人呀！”除此，我还能说什么呢？

“但是，他不是爱你吗？被一个不能去爱的人所爱，这压根儿就是谎话。女人家，就爱编这些谎话！尽管我相信，你说的是真话……”或许我朋友的意思是说，这个世上，不存在什么绝不能爱的人。可能如此吧。譬如像我妈那样，怀着寻死的心……

然而，我极力要把我妈的死想得很美，结果我自己又给弄到什么地步呢？我想，您是最清楚不过的。即便说不是被弄得，就算是自己走到这一步，这究竟算不算是自作自受，我还不太清楚。对自己做过的事，自己能说是自作自受吗？那么别人做的事，一旁看着，就能说他是自作自受吗？是不是惟有上帝或是命运，在赦免人的罪过时，才能说那是自作自受呢？

虽然觉得不该写，不过，我那可信赖的朋友从前跟男人失过足。也许正因此,我才能去投靠她。也惟独如此,她才能立即察知我的事。然而，她却无法知道我身陷漩涡的悔恨。

我也很像我妈，有些地方可能有点儿漫不经心，所以，我朋友说我慢慢儿地也精神起来了，这回才放我一个人出来旅行。

一个单身女人，独自宿在旅店里，比起与我妈相依为命的日子，以及妈死后我一个人过活的那阵子，固然觉得无牵无挂，可是一到夜里，毕竟感到孤寂难安，愁绪满怀，所以才提笔写这封无意寄出的信。静默了三个月，如今再提这些有何意义呢？

四

于法华院温泉，十月二十二日……

今天翻过一千五百四十米高的山岭诹峨守越，宿在一千三百零三米处的法华院温泉。据说这是九州最高的山间温泉。去竹田镇的这一路行程，今天总算越过了这道大山岭了。明天将下山去久住镇，抵达竹田。

不知是因在高原的日照下走路的缘故，抑或是硫黄的气味太重的原因，今晚觉得有些儿疲倦。不仅是这里的温泉有硫黄味儿，大概诹峨守越旁的硫黄山冒的烟也随风飘了过来。听说一天的工夫银表就能变黑。

“昨儿早上五度，今儿早上四度……今儿晚上要比昨儿晚上还冷呢。”

旅馆里的人说。也不知是早晨几点钟看的温度计，反正黎明前没准儿会降至零度。

不过，我在另一幢楼的二楼上，要了一间凸出的房间，有两层玻璃窗可以防寒。棉袍里的棉花很厚，火盆里的火也烧得很旺。较之昨夜的筋汤温泉舒服多了。但是，仍能感到山间夜气的凛冽。

这座山里，只有孤零零一家法华院旅馆。不通邮，也不送报。离开村子有二十多里路，与最近的一户邻居相隔十多里地。上小学也要走二十几里，所以，孩子到了上学的年纪，非得托付给下面的村里不可。

这家旅馆有两个孩子,哥哥六岁,妹妹四岁。大概看我是个单身女子，老奶奶便过来跟我说了会儿话。两个孩子也跟了上来，抢着坐在奶奶的腿上。先是妹妹骑在奶奶腿上，搂住奶奶。哥哥想推开妹妹，妹妹就跟哥哥拼命厮打，追来赶去，扭作一团。哥哥的眼睛长得挺美，但妹妹也长了一双明锐的大眼睛，小脸显得个性很强，一副顽强的劲头。也许是山上强烈的日光，才使她有这样一双明锐的眼睛吧。

“这附近好像没有做伴的小朋友吧？”我问。

“要不走上二十几里路，就没有邻居的孩子。”

妹妹出生后，哥哥说：

“妈妈本来搂着宝宝睡，现在让妹妹占去了。”

妹妹出生前就说：

“要是囡囡生下来，宝宝就睡在囡囡旁边。”不过听说男孩是跟祖母睡。等到隆冬腊月，说不定旅馆要关门，下山到村里去。孩子们长在与世隔绝的山中，那明锐的目光，深深印在我心里。两个孩子都是圆脸，长得很俊。

我蓦然想起自己是独生女的事。

我生来一直是个独生女，已经习惯了，平日倒也没理会。其实何尝没理会，只是没多想罢了。想有个哥哥或是姐姐的，那种女学生的感伤似乎早已荡然无存。哪怕我妈过世的当时，我都没想过：要是有个兄弟姐妹多好！当即给您打了电话。为掩盖我妈的死，让您也成了同谋。事后想来，这么做，好像我妈的死，您有什么责任似的……如果有个哥哥的话，我想，我就不会那么做了。但是，有了哥哥，我想没准儿我妈也不会死，而我，也不至于沉沦到这种罪恶的悲哀境地里。现在想想，简直如梦方醒，不禁一惊。我这个独生女，本不该接受您的好意，结果反处处承情。

身为独生女的我，独自一人，在山中孤零零的一家旅馆里落脚，想要呼唤那不可能有的哥哥，这种情绪猛然袭上心头。即便不是哥哥，哪怕是姐姐或者弟弟也好。呼唤那并未生在世上的同胞手足，您是不是觉得好笑？

说到独生女，您也是个独生子，而我至今都没想过。令尊来我家的时候，提府上的事，是个忌讳，所以，您是独生子这事，从来都不提。有一次令尊对我说：

“也没个兄弟姐妹，怪孤单的吧？有个弟弟或妹妹就好了，是不？”

我唰地一下脸色发青，浑身简直要哆嗦起来。

“可不是嘛……太田过世的时候，只有这么一个女孩子家，怪可怜见的。”

母亲为人随和，也在一旁附和，一见我那样子，就把话咽了回去。

我感到又恨又怕。那时已有十四五岁了吧，对我妈的事，什么都心知肚明。我以为令尊说的是，生个跟我异父同母的孩子。如今想来，恐怕是我胡猜乱想。令尊大概是想起他的独生子您来。也许是看到我们母女二人相依为命，觉得太孤单也未可知。不过，当时我心里狂暴之极。已打定主意，要是母亲生了孩子，非把那孩子弄死不可。心生杀意，只有那一次，之前之后，何尝有过！不过，到时我真能下得了手也难说。是憎恨？是嫉妒？抑或是愤怒？我不知道。大概是少女的执拗，让我为之战栗吧。母亲好似觉察到了什么：

“我请人看过手相，说是命里只有一个孩子。”

她又补充一句说：

“是一个顶十个的好孩子。”

“这倒是，不过……一个孩子不爱同人交际，常常是独来独往。要是自我封闭起来，岂不就不合群了吗？”

令尊必是见我绷着脸，不吭气才那样说的吧。打那以后，我不看令尊的脸，不说一句话，总是躲着他。我其实很像妈，并不是那种阴沉死气的孩子。本来闹得正欢，只要令尊一来，马上住嘴，一声不响。孩子这么闹别扭，我想，妈心里一定挺为难的。令尊说的未必是我，或许是您的事也没准儿。

倘如我要弄死的那孩子出世了，会是怎样个情景呢？是我的弟弟或者妹妹，也是您的弟弟或是妹妹……

——啊，太可怕了。

我穿过高原，越过山岭，本该一洗这些病态的念头才是。本该在这一派“大好的天儿”之中跋涉。

“真是大好的天儿。”

“嗳，是个大好的天儿。”

今早，离开筋汤，走在路上不大会儿工夫，便听村里人这样寒暄。这一带，管“好天”，说成“大好的天儿”。语尾说得清清楚楚。我心里也随之晴朗起来，默默地打着招呼。

天气实在是一派响晴。路旁绵亘的不知是芒草还是萱草，在朝阳的辉映下，银光透亮。槲树的红叶斑斓夺目。左面山麓下，杉树之间阴影浓重。田畦上铺着草席，一个穿红袄的小小孩坐在上面。身后的白口袋里放着吃食，玩具也摆在席子上。母亲正在割稻。这里因天寒得早，秧也插得早，据说要生起篝火插秧。不过，今早暖和，以至坐在草席上的孩子能晒太阳，我也只换上帆布胶底鞋，无需做防寒打扮。

从筋汤登山，有好几条路线，大概还有近路。但我决定绕到饭田的邮局和学校那里，一边在高原的中心地带走着，一边悠然地望着九重的群山。不爬山，只是从诹峨守越走到法华院，这样也可省些脚力。

所谓九重，从东数，有黑岳、大船山、久住山、三俣山、黑岩山、星生山、猎师岳、涌盖山、一目山、泉水山等等，是群山的总称。群山的北侧便是饭田高原。

说是群山的北侧，可涌盖山等却绕到了西南，崩平山等则位于高原的北侧。这片峰峦环抱，或曰四面群山托浮的高原，呈圆台形。高原实在美不胜收，仿佛展现出一个梦幻之境。山上红叶尽染，高原上的芒草则穗浪滚滚，白茫茫的一片，但感觉中，像是一派柔和的紫色，在轻轻荡漾。高度约有一千米，说是东西和南北各有八公里宽。

我走的是南北方向。一旦踏进辽阔的高原，在笔直的前方，便能远远地望见三俣山和星生山之间硫黄山上的浓烟。群山之巅，晴朗无云。

只有右面涵盖山的山头上，飘浮几朵白云。离开东京时，便是一心为这高原上“大好的天儿”而来，我真是幸运。

我原只知道有信浓高原，可是，正如许多人说的，饭田高原确实更富于浪漫情调。一方面使人觉得它是那么温柔，那么明丽，那么遥远，同时又让人感到仿佛被静静地拥抱在它的怀里。高原的南面，群山连绵，温文尔雅，气象万千。记得船进别府港的时候，环抱着市街的群山，起伏如圆形的波涛，曾令我心喜。但是，在饭田高原上看九重群山，就其高度而言，竟让人意想不到，会是那么亲切，那么调和。许是群山配置得当屏列均衡的缘故？久住山高在一千七百八十七米以上，是九州第一高山。大船山，一千七百八十七米，是第二高山。即便这两座山高得并不显眼，三俣山和星生山的山高都在一千七百四十米至一千七百六十米之间。超过一千七百米高的山有十来座。不过，身在一千米的高原上，又值屏立的群山高矮相差无几，看上去或许会觉得舒缓可亲。再说，地处南国，离海又不太远，所以，高原的色调才那么明快也未可知。

长者原在高原的一半处，来到那里，我在松阴下休息了好半天。长者原上，松林疏疏落落，草原中间的一片松林很诱惑人。于是又走了一会儿，在一棵松阴下，吃起已经迟了的盒饭。大约有两点来钟吧？环顾广阔的草原，是一片草红叶，从我所处的位置看过去，向阳与背阴之处，色调变化微妙。山色也各有不同。红叶浓的山，看上去像是教堂里的彩色玻璃。这样，我仿佛置身于一座宏大的自然的天堂。

“啊，来了真好啊！”我不禁出声说道。热泪潸潸而流，芒草的穗浪越发地银光闪闪，一片模糊。这不是催人伤怀的酸泪，而是一洗愁绪的清泪。

我思念您，为了诀别，才来到这座高原，来到父亲的故里。思念您的时候，要是悔恨与罪孽一齐缠身，我就没法儿离开您，而且再也迈不出新的一步。即使来到遥远的高原，我依然在思念您，您得原谅我。为了要分别，我才思念您。您就让我走在草原上，眼睛望着群山，心里思念着您吧。

在松阴下，我一动不动，凝思默想着您，倘如这儿是没有屋顶的天堂，会不会就这样升到天上去呢？我一直不想动弹。迷离恍惚之中，为您祈求幸福。

“同雪子结婚吧！”

我嘴上这样说着，心里在与您诀别。

我忘不了您，就算今后不论以多么卑污的心来回忆这些事，但是我想，惟有在这座高原上思念您的时刻，才能同您分手。从今天起，妈和我已完完全全从您那儿销声匿迹了。最后再向您道歉一次：

“请原谅我妈吧！”

从饭田高原越过诹峨守越，似乎有一条通向三俣山麓的路，不过，我选择了运硫黄的那条路。离硫黄山越近，山容越显得可怕。远看硫黄烟，像是喷火。阔大的山腹上，喷出硫黄，山脊上寸草不生，整座山焦煳不堪，地表上的岩石与泥土黑乎乎的，是一片荒漠。灰的，褐的，没有一点滋润，俨然一片废墟。左面的小山上，正在采取天然硫黄。喷气孔上安着圆筒，收集筒口上像冰柱似的溢出来的硫黄。我从采集场上的烟雾中穿过，踩着一块块光秃秃的岩石，终于到达峰顶。

从峰顶下到北千里滨，回望峰顶，即将西沉的夕阳，在硫黄烟的熏染下，宛如苍白的月妖。而前方大船山上美丽的红叶，在夕照下，粲然似锦。

走下陡坡，便是法华院温泉。

今晚写得太长了。因为，我要把分手后，在高原上度过的这清净无垢的一天，告诉给您。不必惦着我，晚安。

五

于竹田镇，十月二十三日……

终于来到了父亲的故里。

今日黄昏时分，走过石山的门洞，进了竹田镇。从法华院温泉下来到久住高原，在久住镇乘公共汽车，约五十分钟到了竹田。

我住在伯父家里。是父亲出生的房子。头一次见到父亲出生的房子，觉得有些不可思议。一直怀着回故乡同时又是异乡的心情，可是，一当见到长得酷肖父亲的伯父时，已暌违十年的父亲的面影，好似历历浮在眼前；觉得已无家可归的我，又有了一个家。

听我说，是从别府绕道九重来的，伯父他们都吃了一惊。一个人又走山路，又住温泉旅馆的，恐怕他们以为我是个性情坚强的姑娘呢。我虽然也想看山，但要跑到父亲的家乡来，未尝不犹豫。父亲过世之后，我妈跟他们日渐疏远，后来又落到没脸见这些亲戚的地步。

“在船上拍个电报来，就会到别府去接你了……这儿离别府挺近。”伯父说。我虽然写了信说要去，又觉得，亲情疏远，不便于巴巴儿地拍电报，通知人家我到的时间。

“我弟弟死的时候你几岁了？”

“十岁。”

“有十岁啦？”伯父一边重复若，一边看着我说：

“跟你妈一模一样啊。我不大见到你妈，可一见到你，就想起来了。但又有点像你爸爸，耳朵长的，还是像太田的耳朵啊。”

“见到大伯，就想起了我爸。”

“是吗？”

“等工作了，就没法儿出来旅行了，所以，我想先来看看大伯。”

我不愿意他们以为孑然一身的我，是来商量什么身家大事的。对伯父，我一无所求。

我妈死时，伯父没来吊丧。一方面，远在九州，来不及奔丧，再说，又等于是偷着下的葬……

我仅仅是为了同您——跟我妈密切相关的您分手，才要来父亲的故里看看的。我想从我妈那疯狂的爱的漩涡中逃脱出来，回归对我父亲的那份健全的忆念中去。然而，黄昏中，走进石山环抱的小镇，如同一个逃犯来到与世隔绝的荒村，心里好不凄凉。

今晨在法华院多睡了一会儿。

“早上好！”旅馆的人打招呼说，“一清早，孩子就在下面闹翻了天，怕是没睡好吧？”我却什么都不知道。

送早饭的时候，那个目光明锐的女孩子也跟了上来，傍着祖母坐在身旁。听说今天早晨，她从正房通往边楼的廊桥上摔了下去。有一丈五尺来高，真也命大，说是掉在三块大石头的中间，拣了一条命。等把她救上来，还哭着喊：

“木屐漂走啦！木屐漂走啦！”

别人逗她说，“那就再摔一回吧。”

“没衣衣啦，不摔啦！”

小河边上，晾着女孩的衣裳。是一件粗布蓝白花的和服和一件蝴蝶与牡丹花的红棉坎肩。看到朝阳辉映在红棉坎肩上，我感到了温馨的生命的恩惠。不偏不倚恰好掉进三块岩石之间，怎么那么巧呢？三块岩石的空当儿，窄得只容得下一个小孩子。如果稍微偏那么一点点，碰到石头上，就算不至于没命，也难保不摔成残疾。小孩子不懂得危险，也不知道害怕，好像身体哪儿都没伤着，好端端的一点没事。我觉得，摔得这样巧，是这孩子又不是这孩子。

我没能让我妈活下去。可我在寻思，究竟是什么，居然让我活了下来。我一心一意在为您祈求幸福。我想，在人的污秽与罪孽的岩石之间，总会有一个得救的场所，就像女孩儿摔下去那样。

我怀着欣羡的心情，希望自己能像女孩儿一样幸运，摸着她那头浓密的娃娃式短发，离开了法华院。

大船山的红叶实在美极了，所以，我上坊蔓那儿走了走。坊蔓是由三俣山、大船山、平治岳等山岭环绕的盆地。今天看三俣山，与昨天的方向正相反。我还到了筑紫山岳会的马醉木小屋，在一片片的马醉木中，长着可爱的玉柏。与土马鬃相似,仅有两三寸高。我还发现了越橘和岩镜。大船山上红叶中发黑的，据说都是杜鹃花。有的低低地伸展开来，一棵能蔓成六张席子那么大。坊蔓上还有许多雾岛杜鹃,这儿的芒草又细又矮，草穗也只有一寸来长。

听说山顶上今早降到了零度。坊蔓向阳，红叶的颜色也使盆地有种温暖的感觉。

返回旅馆附近，从白口岳与立中山之间的锋立岭下山，到了佐渡洼。那是形状像佐渡岛的盆地，很多蓟草已经枯萎。然后，从佐渡洼下到锅破坡，等一到朽网别，久住高原便该一展眼前了。下山到锅破坡，要穿过杂木林，从石径上走。一路上，只听见自己脚踩落叶的声音。

路上没有遇见行人，感觉到了独自一人踏着大自然的跫音。来到朽网别，左面清水山的红叶红得正艳。从这里应当看得见阿苏五岳，但云遮目断。倒是祖母山、倾山等一带峰峦隐约可见。久住高原是一处方圆四十里的草原，绵绵不断，同阿苏山北麓的波野平原远远相接。北望九重（或称久住）群山，峰顶也尽被云遮。从没过大半个人高的芒草中走出，经过牧场，我终于到了久住镇。

久住的南登山口，有座名字很怪的寺庙，叫猪鹿狼寺。无论猪鹿狼寺也罢，法华院也罢，都是有几百年历史的圣地。九重各山也为圣地。我仿佛一路历经圣地而来。实在太好了。

伯父家的人都已睡下，静悄悄的。我不能像一个人住旅馆那样，可以不睡觉一直给您写下去。

祝您晚安。

六

于竹田镇，十月二十四日……

竹田火车站上，每逢有丰肥线的火车进出站时，都能听见《荒城之月》的歌声。镇上的人说，泷廉太郎心系小镇的冈城遗址，便谱曲作了《荒城之月》这首歌。泷的父亲于明治二十年(1887)来这里任郡长，廉太郎曾在竹田镇上过高小。少年廉太郎想必也去过冈城遗址游玩吧。

泷廉太郎逝于明治三十六年(1903年)，年仅二十五岁。这是虚岁，以我的年纪而言，要到后年。

希望二十五就死掉！我想起在女校念书时曾跟同学说过这话。不过，我觉得，似乎是同学说的，又像是我说的。

《荒城之月》的词作者土井晚翠，也已于今年去世。听说我来之前不久，竹田镇曾在冈城遗址为晚翠举行追悼会。说是曲作者廉太郎与词作者晚翠，一度在伦敦会过面。那还是很久以前，我父亲小时候的事，年轻的诗人和音乐家在异乡邂逅，是否便成为《荒城之月》谱曲的因缘了呢？我不得而知。然而，他们两人留下了优美的歌曲。现在，恐怕无人不会唱这首《荒城之月》。那么，我同您有过一次缘分，又会留下什么来呢？

——像泷廉太郎一样的天才孩子……我忽发奇想，不禁一惊。我能做这样的梦想，能把这种事写给您，或许就是因为今天，我在父亲的故乡小镇上，心绪沉潜的缘故吧。可是，您有没有想过，万一有了那种不知是悲是喜的意外，女人心中的那种惶恐不安呢？您心里是不是也生起过不安，犹如我一样？因这意外的不安，我深知什么是女人。我甚至还梦想，要瞒着您，一个人把孩子抚养大。之所以如此，也是我作为妈的女儿，因果报应，才凭空来打这番主意的。您吃惊了吗？作为女人的我呀，就为这点事，都能愁得人消瘦呢。不过，这种惶恐不安并没有持续多久。

我不过是在竹田火车站上，听到《荒城之月》，回忆起当时的不安罢了。

石山绕四方，竹田在中央，秋水一澄鲜，溪流淙淙响。

今天因打算逛逛小镇，从秋水淙淙的桥上走过时听见歌声，于是把我诱向车站。不知车站的什么地方在放唱片。昨天没乘火车，是搭公共汽车到久住镇的，所以没注意。河就在车站的前面。从车站走到桥上，歌曲依然在唱，我凭栏而立，凝目望着河水。河的左岸，在河滩的巨石上竖起柱子，露在河面上，一排窝棚似的房子鳞次栉比。有女人在石头上洗衣服。车站后面也岩壁峭立。岩石的表面，细水滴落，如小瀑布。石山上也红叶粲然，间或还留下苍翠。

我一面思念您，一面徜徉在父亲的小镇上。父亲的故乡对我已非陌生的城镇了。昨晚乍到，尚不熟悉，今早一走，方知小镇实在是小。不论朝哪儿走去，尽头都是岩壁。我仿佛觉得，自己也"置身"于四面岩石之间了。

昨晚,伯父用的旅馆的火柴盒上,印着"山紫水明,竹田美人"的字样。

"很像京都嘛。"我笑着说。

"一点不错。名副其实的竹田美人。从前，抚琴，点茶，各色技艺，相当时兴。水也清，镇上家家檐下流过的小水沟，这儿叫'井堰'，你爸爸小时候早晨漱口，洗碗，全在井堰里。"

万把人口的小镇，寺院倒有十余座，神社也近十间。或许真是个小京都呢。

"现在，竹田美人也没了。"伯父说，"即使把从前的，以及去了东京的人都算上的话。"可是，我走在街上，看到的女人，觉得都很整洁漂亮。走近城边的门洞时，石山上是漫山红叶，出了门洞，耸立在对面的岩石上，是一片青苔，就在那片翠绿前，还看见一位美丽的姑娘，穿着白毛衣，迎面走了过来。

镇中心有一条商店街，是铺的柏油路。虽然萧索冷落地点着铃兰式街灯，一旦向旁边拐去，便是僻静的旧街，好像一下就能走到头，撞上石壁似的。那些石崖、白的仓房、黑的板墙，以及坍塌、欲倒的围墙，在在使人觉得是座古老的城镇。可是听说，由于明治十年 (1877 年) 打的那场西南战役，整座镇子都给烧掉了。从前的老房子，只在山边留下少数几座。回到伯父家，讲到镇上的事。

“文子，这镇子的犄角旮旯不全叫你走遍了嘛！”伯母说。

田能村竹田[1]的旧居、田伏庄院遗址的天主教秘密礼拜堂、中川神社的圣地亚哥钟、广濑神社、冈城遗址、鱼住瀑布、碧云寺等名胜古迹，用不了半天就能走完。

在竹田镇，至今还有很多人把田能村竹田称作“竹田先生”。昨天我从久住来的那条路，从前诸侯出行的仪仗人马也走过，田能村竹田、广濑淡窗[2]等众多丰后[3]文人也都曾在这条路上来来往往。赖山阳[4]拜访田能村竹田的时候，走的也是那条路。竹田的旧居还保留了一间茶室，当年他同赖山阳一起在里面品过煎茶。茶室与正房之间的庭院里，芭蕉的叶子黄的黄，枯的枯，阳光正照在上面。梧桐叶也已经发黄。据说竹田曾拿自家地里种的蔬菜款待过赖山阳，那块地就在正房的前面。竹田纪念馆内画圣堂是座新建筑，里边也有茶室，点粉茶时，要挂上竹田的南画。

天主教的秘密礼拜堂挨近竹田庄。是在竹林深处的岩石上凿山出的洞窟里，相当宽敞。圣地亚哥钟上，写有“1612 SANTIAGO HOSPITAL[5]”的字样。

1　田能村竹田 (1777—1835)，江户末期的南画家。

2　广濑淡窗 (1782—1856)，江户末期的儒学者、教育家。著有《怀阳楼笔记》等。

3　即竹田所在的九州大分县。

4　赖山阳 (1780—1832)，江户末期的儒学者、史学者。著有《日本外史》《山阳诗钞》等。

5　意为“圣地亚哥医院”。

昔日的竹田城主是位天主教徒。

竹田庄的庭院里，有盏织部灯笼。顺着略有点坡度的小路走，向右一拐，是竹田庄的石崖，相反，朝左一绕，便是古田织部的庄院，不知他的子孙是否还住在里边，从屋前走过时，心里不免怦怦直跳。传说是古田织部的儿子，从前来到竹田，而后定居下来的。记得是叫上殿街，那是往日的武家庄院街。我忘不了。在圆觉寺茶会上头一回见到您时，稻村雪子小姐点茶问：

“用哪只茶碗呢？”

“哦，对了，就用那只织部陶的吧。”

师傅说：“令尊就喜欢用这只茶碗，这还是他送我的呢。”可是，在令尊之前，那是已故家父的东西。是我妈转让给令尊的。雪子小姐用那只黑织部碗点了茶，您喝了下去。为此，我简直无法抬起脸来，这究竟是怎么回事呢？我妈当场说：

“让我也用那只碗喝一杯吧……”

难道我妈饮下了她命中注定的毒汁吗？

没想到，来到父亲的小镇，竟会记起茶会上的事，历历如在眼前。倘如那只黑织部碗还在师傅手里，请您设法弄回来，把它处理掉，让谁都不知其下落。您就权当我这个人也不知下落吧。

转完父亲的小镇，我就该离开竹田镇了。之所以絮絮叨叨写一些小镇的事，是因为我想，以后不会再旧地重游了。因为，我想在父亲的故乡同您道别。虽然我不打算寄出这封信，倘使寄了出去，那则是我的最后一封信了。

冈城遗址上，除了石崖，什么都没有留下。但是，要塞的高地，景观极妙。秋高日丽之时，群山在望。祖母山、倾山，及其对面的九童、大船诸峰，仅有淡淡的白云几朵。来时走过的高原与山岭，尽在彼方。在高原的松阴下，在芒草的穗浪中，我一直思念着您，那时我以为，能够同您分手。此时此刻，向您道声珍重，也不胜依依，何况我还不得不从您眼前销声匿迹！对于女人来说，那是不容易办到的。请您谅解我。晚安。

信里劝您同雪子小姐结婚，这全凭您的意思。我和我妈，绝碍不着您的自由和幸福。您千万别来找我。

旅行六天，尽写些无聊的事，女人家多啰嗦啊！虽然希望您能了解我这个即将离去的人，可是，语言是空泛无用的，女人似乎惟有依傍在身旁才行，而我希望您了解，正是要反其道而行之。我要在父亲的小镇开始新的征途。别了！

七

菊治在一年半前看文子的这封信，同他跟雪子蜜月旅行回来后重读，对文子信上的话语，在感受上已然大不相同。

但是，哪儿不同却说不上来。是因为语言是空泛无用的吗？

菊治走到新居的院子里，将文子的这叠信点着。院子里像样的东西，什么也没有。在一方狭小的空地上，只围了一道简陋的木板墙而已。

信很潮，不容易烧着。

他稀里哗啦一页页散开，不停地划火柴。墨水的颜色渐渐地变了，变成灰色之后，文字依旧留在信上。

“把语言也烧掉！”

菊治把信一张一张扔在火上。

文子的话，她的信，眼睁睁瞧着烧掉了又怎样呢？菊治躲着烟，转过身去。冬日的阳光斜斜地照在板墙的一角。

“蜜月旅行如何呀？”

突然廊下响起栗本千花子的声音，菊治吓一跳，不禁打了个寒战。

“怎么搞的？一声也不吭……”

“你不搭理人嘛。我正要说呢，新婚蜜月，小偷会盯上的。还没雇个女佣？暂时就你们小两口也好。雪子她服侍得不错吧？”

“你在哪儿打听到的？”

“府上的地址吗？这就叫神通广大，蛇也通灵。”

“真是一条蛇！”

菊治狠狠地说。

父亲去世后，千花子照旧不打招呼便到家里来，现在又出现在这个新家，菊治又感到嫌恶。

“不过，大冷天的，叫雪子洗洗涮涮太难为她了，我来帮一把好不好？”

菊治没有理睬。

“在烧什么哪？是文子的信吗？”

没烧完的信菊治搁在腿上，因为蹲在地上，千花子不会看见的。

“要是烧文子的信，够热情的啦，烧得好！”

“我已经破落到住进这种房子，以后无须劳您的大驾，我先把话说明白。”

“我不会添麻烦的。给你跟雪子搭桥的，本来就是我，我真不知有多高兴呢。这回我也放下这条心了。再说，我只不过想尽点力……”

菊治把剩下没烧的信揣进怀里，站了起来。

千花子站在廊子的一头，一见菊治的神情，退后一步说道：

“哟，干吗板着个脸呀？雪子的行李大概还没收拾，我就想来帮个忙……”

“多管闲事！”

“这可不是管闲事。难道你就不明白我的心意,我是想尽点力的嘛！”

千花子当即颓然地坐在那里，左肩向上一耸，怯懦地喘着气。

“你太太回娘家了不是？我心里惦记着，怎么把太太留下，自己倒巴巴儿地先回来了。”

“你跑到雪子家去了？”

“我去道喜来着。要是有什么不好，我赔个不是。”

千花子窥探着菊治的脸色，菊治也压下了怒火，说：

“对了，那只黑织部还在你那里吧？”

“你父亲送的那只？在。”

“既在你那里，就让给我吧。”

“好吧。”

千花子一副迷惑不解的眼神，半晌，虽然有些恼怒，却说：

“好吧。你父亲的东西，我这辈子都不会撒手的。既然是你菊治少爷想要，不管是今儿，是明儿，只要一句话……又想玩玩茶道了？”

“希望你今儿就拿来。”

“知道了。烧掉文子的信，就用黑织部喝一杯吧。”

千花子耷拉着脑袋，两手像在拨拉什么东西似的走了出去。

菊治又走到院子里，手哆嗦着，划起了火柴。

新家庭

一

雪子的举止一向活泼娇憨，但菊治见她有时坐在钢琴前发愣。

在这个新居里，钢琴显然是个庞然大物。

这是菊治新认识的一家制造商出的琴。菊治的父亲原先是乐器公司的股东。那家公司不用说，也曾一度改成兵工厂。战后，乐器公司的一个工程师想生产他设计的钢琴，由于父亲的关系，便常常来找菊治商量，于是，菊治把卖房子的钱也拿去投了资。

所以，菊治的新居里就有了一架这家小制造商的样品。雪子的钢琴留在娘家给她妹妹了。娘家不是不能给她妹妹另买一架，所以菊治对雪子说过两三回：

“要是嫌这架不好，就把原先那架要回来好了。不必顾虑我。”

菊治寻思，雪子坐在钢琴前发愣，是不是这架钢琴不中她的意？

“这架蛮好的。”雪子听了好像挺意外，便说，“我是不大懂，可是调琴师不是都夸这架琴吗？”

其实，菊治也知道，不是钢琴的缘故。雪子对钢琴的热衷与擅长，还没达到那么挑剔的程度。

“因为我看你坐在钢琴前面发愣……”菊治说，“好像不喜欢这架琴似的。”

“那跟钢琴是两回事。”雪子老实地回答，正想接着说下去，忽然改了主意，说道，“你看见我发愣了吗？什么时候？”

一进门的旁边，照例有间洋式的屋子，钢琴就摆在里面，所以，在起居室，或是从二楼菊治的房间看不见钢琴。

“原先在家里时，乱哄哄的，压根儿就没工夫发愣。能够发愣，太难得了。”

父母在堂，兄妹两全，来往的客人又多，菊治眼前浮现出雪子娘家那热闹的景象。

“可是，从前见到你，给我的印象，毋宁说很沉默寡言。”

“是吗？我可爱说话呢。只要妈妈和妹妹在场，就没有住嘴的时候“三个人里准有一个在说话。不过，也许三人里数我说得少。在客人面前，只要发现妈妈话太多，我就闭上嘴，妈妈那套社交辞令，你听了也会烦的。要是总待在妈妈身边，说不定真能变成一个沉默寡言，冷淡乏味的姑娘。妹妹倒是跟妈妈一唱一和的……”

“你母亲本来希望你嫁到一个更阔气的人家吧？”

“可不是嘛。”雪子老实承认说。“嫁到这儿来以后，说的话还赶不上在家时的十分之一呢。”

“因为白天就你一个人嘛。”

“即便你在家，也没像着火似的说那么多话，是不是？”

“倒也是。可一出去散步，你话就多起来了。”

说着，菊治想起了夜里，两人在街上散步，雪子依偎在身旁，拉着自己的手，仿佛忘记这一向的寒冷，兴高采烈地说个不停。难道离开娘家，有种解放感吗？

“现在，我一个人不出门，原先在家时，只要上街回来，就要把在外面遇到的事一一告诉妈妈。然后，同样的事再给爸爸说一遍。”

“你父亲他一定也很高兴。”

雪子凝目看着菊治，隔了一会儿点点头说：

“跟爸爸一说，有时同样的事，妈妈听两遍，总是偷偷地发笑。”

雪子离开父母的疼爱，嫁给了菊治，坐在这间简陋的起居室里，菊治觉得似乎有些不可解。

菊治发现，雪子睫毛之间有颗浅浅的小痣，是两人共同生活以后的事。

她那排美丽的牙齿，在菊治看来，莹然发亮，那也是两人住在一起后才发现的。每当接吻，菊治都为她牙齿的清纯所打动。

菊治拥抱着已习惯于接吻的雪子，有时会猝然流出眼泪来。仅止于接吻，菊治不能不感到，雪子楚楚可怜，是自己的无价之宝。

两人仅止于接吻，雪子似乎不像菊治那么懊恼，那么焦虑。对于婚姻，照理她不会那么无知，可是，仅仅是接吻和拥抱，雪子便好像觉得非常新奇和惊异，对他的爱抚感到十分满足，回应着菊治。

有时菊治也转念在想，他们的新婚生活并不像他的痛苦那样，没什么不自然，也没什么不健康吧？

雪子从菜店买回的白萝卜和京菜这些白的绿的蔬菜，菊治看了也觉得新鲜水灵。这难道不就是幸福吗？跟老女佣住在原来那个家的时候，压根儿没留心过厨房里的菜什么的。

“你一个人住在那么大的房子里，不冷清吗？”

刚搬来不久，雪子曾经问过。从这简短的问话里，菊治真心地感到，雪子对自己过去的关心与体贴。

清早醒来，雪子倘不在身旁，猛然间会生起一缕孤寂之情。

早晨要准备早饭，雪子当然要起得早。菊治睁开眼睛若能看见雪子的睡姿，觉得周围确实洋溢着一份温馨，以至于想尽可能比雪子早一点醒。如果雪子没有睡在旁边的床上，一抹不安甚至会轻轻袭上心头。

一天傍晚，菊治回到家里便问：

“雪子，你用的是马查贝利王子牌香水吗？”

“是啊，怎么啦？”

“因为钢琴的事，遇见一位女客这么说的。有的人鼻子真灵。”

“怎么会熏上味儿的呢？”

雪子接过衣服嗅了嗅，忽然想了起来，说道：

“是香水瓶放在衣柜里忘了拿出来了。”

二

二月底的一个星期天，连下三天的雨，傍晚前才停了下来，仍自阴沉的天空，一抹淡淡的桃红，隐隐约约地弥漫开来。栗本千花子捧着黑织部茶碗来了。

“喏，我把茶碗，这个上好的纪念品带来了。”

千花子说着，从双层盒里取出碗，捧在手上打量着。然后，放到菊治的腿前。

“往后刚好能派上用场。花样是蕨菜的嫩芽……”

菊治拿起茶碗看也没看，便说：

“人家都忘了，你倒拿来了。我叫你当天就拿来，你没拿来，还以为你不拿来了呢。”

“这是初春用的茶碗，冬天拿来也没用不是？再说，叫我脱手，总归有些心疼，要说是舍不得吧，又有些那个……”

雪子沏好了粗茶端过来。

“唉呀，太太，这可不敢当！”千花子做作地说，“这一冬，太太也没用个女佣吗？真够您受的了。”

“因为暂时只想两个人过。”

雪子回答得很干脆，令菊治颇惊讶。

“我太冒失了。”千花子一个人点着头说，“太太，这只织部碗，还记得吗？印象一定挺深吧？给你们道喜送礼，没有比这个更合适的了……”

雪子疑惑地望着菊治。

“请太太也坐到火盆边上来吧。”

千花子说。

“嗳。”

雪子紧挨着菊治坐了下来，胳膊肘都能碰上。菊治无端地忍住笑，对千花子说：

“要你送，那不好意思。请你卖给我吧。”

“岂有此理！我再落魄，能把令尊送我的东西卖给菊治少爷吗？您想想看……”千花子郑重其事地说，“太太，我也好久没见您点茶了。不过，在小姐当中，点茶能像太太那么认真，气度那样高雅，再也找不出第二个来。就这样待着，在圆觉寺的茶会上，您拿这只织部碗，头一次给菊治少爷点茶的情景还历历如在眼前呀。”

雪子默不作声。

“这只茶碗，送还给菊治少爷，也是值得的。”

“可是，我们家什么点茶的用具都没有。”

雪子低着头回答说。

“哟，可别这样说……茶道只要有只茶刷，就能点茶嘛。”

“哦。”

“这只织部碗就请爱惜着用吧。”

“嗳。”

千花子又盯住菊治的面孔说：

“太太说什么都没有，水罐总有的吧？那只志野陶！”

“那是只花瓶！”

菊治慌忙地说。

太田夫人的纪念品，那只水罐，菊治终于留下没有卖掉，也搬到这个家里来了，一直放在壁橱里没动，仿佛忘记了似的。冷不防让千花子抖搂出来，菊治心里一哆嗦。

由此可知，千花子还在恨太田夫人。

雪子也到门口送千花子。

在门口，千花子仰起头看了看天说：

“东京的天，好像叫街上的灯整个儿给照亮了……越来越暖和了，真不赖。”

然后，耸起一只肩膀，一摇一摆地走了。

雪子兀自坐在门内：

“一口一个太太、太太的，好像成心似的，多讨厌。”

“是讨厌。大概不会再来了。”

菊治也在门口站了一会儿。

“不过，‘东京的天，好像叫街上的灯整个儿给照亮了’，这句话倒说得不错。”

雪子下了地，打开门，望了一下天空，正要关门，一回身，见菊治也在望着天空，又迟疑了一下。

“关上门吧？”

“唔。”

“真是暖和起来了。”

回到起居室里，织部茶碗依然摆在外面没收起来。菊治等雪子把碗收好，提议上街蹓跶蹓跶。

他们走上住宅区的高地。路上没有行人，雪子主动拉起菊治的手。尽管雪子很呵护一双手，干活蛮当心的，可是，冬天的冷水毕竟伤手，手掌已有些发硬。

“那只茶碗不是送的，是向她买的吧？”

雪子忽然问道。

“啊，要卖掉的。”

“我说嘛。她是来卖的。”

“不是，是我要卖给茶具店。然后把卖的钱给她就行了。”

“咦，要卖掉？”

“那只碗在圆觉寺茶会上拿出来的时候，你不也听说了吗？方才栗本还提到，是我老子送给她的。在我老子之前，是太田家的东西。所以，那是只有层层因缘的碗……”

“可我不在乎那些。只要是只好碗，留着也好嘛。”

“是一只好碗，那倒错不了。正因为是只好碗，为了这只碗，也该送到茶具店去，让我们不再知其下落则更好。”

菊治顺口说出“不知下落”这句文子信上的话。从栗本千花子手里把碗弄回来，当然也是按文子信上的意思办的。

“那只碗自有其辉煌的生命，应当让它离开我们，独立存在。所谓我们，当然不包括你在内……茶碗本身极其优美，不该叫那些不健康的妄执缠在上面。可是，随着茶碗，我们的那些个记忆却该诅咒，总是以一双邪恶的眼睛去看那只碗。我说的我们，顶多不过五六个人而已。自古以来，不知有过几百人，以纯正之心珍惜这只碗。制成这只碗，至今约有四百年之久，从碗的寿命来看，在太田家里，我老子手上，以至栗本那里，实在是短暂的一瞬。如同浮云掠影。只要能落到一个健康人的手里就好。即便我们死去之后，那只织部碗倘能留在谁人手里，犹自美观雅正，我想那就足够了。”

“是吗？既然你那样想，不卖掉不更好吗？我不会在意的。”

“不是舍不得卖掉。对茶碗我一向不看重。只打算借那只茶碗，洗清我们的污秽。再说，留在栗本手上，让人不放心。譬如说，像在圆觉寺那样的场合拿出来。茶碗是不该牵扯进人的丑恶的因缘里去的。”

“听你这么说，好像茶碗比人还了不起似的。”

“没准儿是这么回事呢。我不懂茶碗，但几百年来，有眼光的人把它传了下来，到我手里总不该摔掉它。那就让这只碗不知所终吧。”

“依我看，把这只茶碗当作我们的纪念留下来，倒挺好的。”雪子声音清亮地说，“即使现在我不懂，等有朝一日能看懂这只碗，不是也很愉快嘛！……从前的事，才不在乎呢。如果卖掉了，过后想起来，岂不要后悔吗？”

“那倒不会。这只茶碗是命中注定要离开我们，不知所终的。”

对这只茶碗，提到命中注定之类的话，使菊治不禁想起了文子，简直心如刀绞。

两人走了一个半小时才回家。

正要把火盆里的火移到暖笼去的时候，雪子猛然用两手握住菊治的手，似乎要菊治感知她左右手的温度不同似的。

“吃不吃栗本师傅送的点心？”

“不吃。”

“不吃？随点心还送了浓茶呢。说是从京都买来的……”

雪子毫不拘泥地说。

菊治起来把茶碗用包袱皮包上，搁进壁橱，看见里头那只志野水罐，心想，回头跟茶碗一起卖掉。

雪子擦掉脸上的冷霜，摘下头发卡子，准备睡觉。抖了抖头发，一面梳一面说道：

“我也把头发剪短吧？你说好吗？可是后脖子露了出来，怪难为情的。”

说着，搂起后面的头发。

也许口红不易擦掉，她把脸凑近镜子，微微张开嘴，用纱布擦一擦端详一回。

黑暗之中，彼此温暖着身子，菊治寻思：莫非要永远这样亵渎那神圣的憧憬吗？他又沉沦于自己的内心世界了。然而，最纯洁的东西任凭什么都玷污不了的。正因此，才能宽宥一切。难道就不会有这种事情吗？他只管给自己想出种种救赎的办法。

雪子睡着了。菊治抽出胳膊，一旦离开雪子的体温，便感到异常地孤寂。毕竟不该结婚！一股令人咬牙切齿的悔恨之情，正在旁边冰冷的床上等待着他。

三

一抹淡淡的桃红，隐隐约约地弥漫在傍晚的天空，已经连续两天了。

菊治从回家的电车上看见一幢新建的大楼，窗内的灯光一律发白，以为是什么呢，像是荧光灯。所有的房间统统点着灯，似乎是表示新楼建成的喜悦。一轮快要圆满的月亮，斜挂在大楼上方。

快到家的时候，空中的那抹桃红不知是给吸到日落之处呢，抑或是沉落不见了，竟变成了一片晚霞。

到家的拐角处，菊治有些不大放心似的，又伸手到上衣里面的口袋，摸摸支票在不在。

雪子走出邻居家的大门，小跑着进了自家的大门，菊治看见她的背影。雪子却没有发现菊治。

“雪子，雪子！”

雪子从门内走出来。

“你回来啦！方才你看见我了？”她红着脸说，“到隔壁去接我妹妹的电话……”

“唔？”

菊治没想到，是几时请邻居代转电话的。

“今天同昨天傍晚的天空一样哩。天比昨天晴，所以也更暖和。”

雪子仰起头望着天空。

换衣服时，菊治掏出支票，搁在酒柜上。

雪子一边低头收拾菊治脱下的衣服，一边说：

“妹妹来电话，说是昨儿星期天，本来跟爸爸两个要来……”

“来咱们家吗？”

“是啊。”

“尽管来好了……”

菊治若无其事地说。

雪子正在刷裤子，便停下手来。

“你说尽管来好了……”似乎驳斥地说，“可头些日子我发了信，叫他们先别来。”

菊治有些讶异，险些儿反问为什么，却蓦地猜到了。由于两人还没有夫妇之实，雪子怕她父亲来。

然而，雪子随即仰起头，看着菊治说：

“爸爸想来呢。真想叫他来一次。”

雪子的眼睛晶莹发亮，菊治回答说：

“不叫他们也可以来嘛。”

“因为是女儿的婆家……不过，也未必是因为这个。”

雪子爽朗地说。

是不是菊治比雪子更怕她父亲来呢？雪子没说之前，菊治压根儿没注意，结婚以后，还从未招待过雪子的父母和兄妹。可以说，他几乎把雪子娘家的亲人给忘诸脑后了。同雪子异常的结合，占据了他的全部心思。

或者说，因为还没有结合，除了雪子，菊治别的什么都顾不上去考虑。

也许使菊治无能为力的，只是对太田夫人和文子的忆念，宛似幻影中的蝴蝶，总是不离他的脑海。想象之中，在他脑海的黑暗深渊里，恍如看见蝴蝶在飞舞。那不是太田夫人的幽灵，仿佛是他悔恨的化身。

然而，雪子写信拦着父亲，希望别来，这事足以提醒菊治，让他知道雪子暗暗的悲哀与困惑。难道正像栗本千花子疑心的那样，雪子一个冬天没雇女佣，竟也是害怕他们夫妇间的秘密被女佣察觉吗？

尽管这样，在菊治眼里，雪子大多时候都看着那么光艳照人，明快爽朗，他无法认为，那仅是为了体贴他故意装出来的。

“信是什么时候发的？叫你爸爸别来的那封信……”

菊治问道。

“那个么，是正月里，已经过初七了吧？过年的时候，不是叫咱们一起回去的吗？”

“那是年初三。”

“然后又隔了四五天。正月初二，爸妈他们招待客人挺忙，妹妹一个人来拜的年，对吧？”

“对。打发她来叫咱们第二天去横滨。”菊治一边想一边说，“可是，你写信不让他们来，可不大妥当呀。是不是请他们下个星期天来呢？”

“好吧。爸爸会高兴的。准是领着妹妹一起来。一个人来，可能有些不好意思……有妹妹在场，我也得力。真是奇怪。”

有她妹妹在，雪子会轻松一些吧。她的心思里，准是希望同菊治这种没有夫妇之实的婚姻内情，尽可能不叫她父亲知道。

雪子大概已经烧上洗澡水，一进了小小的浴室，便听到她察看水热不热的动静。

“先洗澡后吃饭吧？”

“行啊。”

泡在浴缸里，只听雪子隔着玻璃门说：

“酒柜上的支票是哪儿来的呀？”

“啊，那是卖掉织部茶碗的钱。要给栗本的。”

“一只茶碗有那样贵吗？”

“咱们的水罐钱也在内。”

“咱们有多少？”

“有一半吧。”

“一半也是一笔大数目呀。”

“是啊。可以派点用场。”

织部茶碗的事雪子也知道，昨晚散步的时候已经说过了。可是关于志野水罐的一切因缘，却毫不知情。

雪子站在玻璃门外说道：

“别花掉，买股票好不好？”

“股票？”

菊治颇感意外。

“这么回事……”雪子打开玻璃门，走进来说，“爸爸给了我和妹妹一些钱，有支票的四分之一那么多吧，说是叫我们拿着增值，就给存在一家经常来往的股票公司。买下可靠的股票，跌了就存着不动，等涨上去，卖了再换成别的股票。这样，钱就一点一点增加起来了。”

“哦。”

菊治仿佛看到了雪子娘家的家风。

“那时天天同妹妹一起看报纸上的股票版。”

“那股票你现在还有吗？”

“有哇。交给股票公司管，我自己倒没看见过……跌了就不卖，反正不会吃亏。”

雪子说得很单纯。

“那么说这笔钱也存在你那家股票公司里？”

菊治笑嘻嘻地看着雪子。雪子系着白围裙，穿了一双红毛线袜。

“你也泡一泡，暖和暖和怎么样？”

雪子连眉梢眼角都红得俏丽动人。

“我还要做饭呢。”

说罢，轻盈地走了出去。

四

那一周的星期六，已经进入了三月。

父亲和妹妹说是第二天要来，晚饭后，雪子一个人上街去买东西，抱了一堆水果和鲜花回来。直到深夜还在收拾厨房。然后，坐到镜台前弄头发，摆弄了好半天。

“今儿个真想把头发剪短来着。那天你不是说剪了也好吗？可转念一想，太叫爸爸出其不意也不好……结果光做了做，我一点都不满意。瞧着挺别扭的。”

一个人自言自语。

躺下去之后，雪子仍是辗转难眠。父亲和妹妹要来，就那样高兴吗？

菊治不免有些嫉妒，同时也不能不感到，这是出于雪子心中的那份寂寞。于是，菊治温柔地将她抱了过来。

“手好凉呢。”

菊治把雪子的手放在自己的胸脯上，一只胳膊搂着她的脖子。另一只手从袖口伸进去，抚摸她的肩膀。

“说点儿什么话吧。”

雪子挪开嘴唇，脸动了一下。

“好痒。”

菊治拂开雪子的头发，给她在耳后理好。

“你要我说点什么，在伊豆山上说的话还记得吗？”

“不记得了。”

但菊治却忘不了。那时，在黑暗中，他闭起颤抖的双目，想起文子，想起太田夫人，他拼命地挣扎，以为靠这些胡思乱想能获得力量，以迎接纯洁的雪子。明天，雪子的父亲就要来了，是不是以今夜为界限呢？菊治又去捉摸太田夫人那女人的热潮，却愈发显出雪子的清纯无邪。

“雪子说点什么吧。”

“我没什么好说的呀。”

“明天见到你爸爸，打算说些什么呢？”

“跟爸爸说什么，到时候再说。爸爸只是想来咱们家看看的。看咱们过得挺美满，就足够了。”

菊治躺着一动不动，雪子把脸靠在他胸脯上，也一动不动。

第二天上午，雪子的父亲和妹妹十点刚过便来了。雪子高高兴兴地张罗着，和妹妹两人不时地欢笑。午饭略早一些，刚要开始吃，栗本千花子来了。

“来客了是吧？我见见菊治少爷行吗？”

听见她在门口同雪子说话的声音，菊治走了出去。

“把那只织部碗给卖掉了？成心要卖，才从我这儿要回去的，是吗？那么，把钱给我是什么意思？”千花子连珠炮似的问，“当时就想来问来着，可一想，要不是星期天，菊治少爷不在家，我真是心急火燎一样。晚上来，当然也行，不过……”

千花子从手提袋里掏出菊治的信。

“把这个还你。钱还在里面没动，请点一点……”

“不不，这钱你得收下。”

菊治说。

“我为什么要收这钱？难道说是赡养费吗？”

“别开玩笑了。现在，我岂有付你赡养费之理？”

“看哇。就算是赡养费吧，把织部碗卖了钱给我，不是也挺荒唐吗？”

“因为那是你的碗，卖的钱当然要给你。”

“碗可是送给你的。一来是菊治少爷要，二来也想给你们道喜，是件顶好的纪念品。在我，那可是你父亲留下的念心儿……”

“在我，只能认为，那是用这笔钱请你卖给我的。”

“我可没法那么认为。我再落魄，能把令尊送我的东西卖给你菊治少爷吗？上次我已经说得很清楚了，是不是？何况这碗不是卖给茶具店了吗？如果菊治少爷非要我收下这钱，那我就再从茶具店把碗买回来。”

菊治心里嘀咕，奉上卖给茶具店之款云云，信上若不照实提上这笔就好了。

“嗳呀，请上来吧……是横滨我父亲和妹妹他们来了，不碍事的。”

雪子温和地说。

“是令尊……噢，是他们来啦？那赶巧了，就让我也见见他们吧。”

千花子两肩忽然松弛下来，独自点头说道。

（一九五三 —— 一九五四年）